Roland Gampp

Jesus,
das Kind des anderen

Roman

Impressum

Bibliografische Information der Deutschen Nationalbibliothek: Die Deutsche Nationalbibliothek verzeichnet diese Publikation in der deutschen Nationalbibliografie, detaillierte bibliographische Daten sind im Internet über dnb.dnb.de abrufbar.

TWENTYSIX – Der Self-Publishing-Verlag
Eine Kooperation zwischen der Verlagsgruppe Random House und BoD – Books on Demand

© 2017 Roland Gampp
Herstellung und Verlag:
BoD – Books on Demand
ISBN: 9783740731069
Lektorat: **Textcare** Claudia Diekmann
Layout: Dipl.-Ing. Jörg Pillukat
1. Auflage 2017

MIX
Papier aus verantwortungsvollen Quellen
Paper from responsible sources
FSC® C105338

Inhalt

Prolog   10

Kapitel 1
Die Karawane   30
Die geheimnisvolle Botschaft   42

Kapitel 2
Die Hindu-Mönche   51

Kapitel 3
Die Überquerung   53
Der Schneeleopard   55
Die Nacht der Erkenntnis   61
Der göttliche Auftrag   68
Die Banditen   74

Kapitel 4
Der Bergtempel   84
Verrat mit schwerwiegenden Folgen   93
Tempelleben   98

Kapitel 5
Sheela Kaur   102
Die Begegnung   106

Kapitel 6
Das Mantra — 112
Das geheime Wissen — 122
Ein neues Leben — 131

Kapitel 7
Die Anschuldigung — 134
Das Fasten — 139
Der Blinde — 149

Kapitel 8
Der Schierlingskelch — 158

Du hast alle Karten in der Hand,
du musst nur die richtige wählen.

Prolog

Das Geräusch ließ Josef erschrecken und riss ihn aus seinem morgendlichen Gedankenstrom. Was für ein seltsamer Laut! Er fuhr ihm durch Mark und Bein.
Ein verletztes Tier?
Eine Sinnestäuschung?
Nein, es klang wie der Ruf eines verlorenen Menschen. Doch der Gedanke verflog so schnell, wie er gekommen war. Die feuchte, morgendliche Kälte kroch ihm von unten in sein Baumwollgewand und breitete sich schnell im ganzen Körper aus, ließ ihn frösteln. Warum auch um Himmels willen sollte sich ein Mensch in aller Herrgottsfrühe hierher verirren?
Joseph beschleunigte seinen Schritt. Die Ziegenledersandalen, die durch zwei gegenläufige, dünne Bänder an seinen Schienbeinen festgebunden waren, wärmten auch nicht wirklich und seine Lunge fühlte sich inzwischen wie vereist an.
Um diese Jahreszeit stiegen hier in Palästina die Temperaturen erst nach Sonnenaufgang auf ein angenehmes, erträgliches Maß an.

Die weißen Nebelbänke lagen noch ruhig über dem Ufer des Kishon und hüllten wie ein übergroßes Bettlaken alles in sich ein. Joseph wusste, dass sie sich gleich mit den ersten Sonnenstrahlen lautlos heben und wie süße Zuckerwatte im Mund eines Kindes in ein paar Minuten in nichts auflösen würden.

Das morgendliche Ritual, vor Sonnenaufgang am Ufer des Kishon zu Gott beten, hatte in seiner Familie eine lange Tradition. Schon sein Großvater wie auch sein Vater Jakob zelebrierten es ausnahmslos täglich. In Zwiesprache mit dem Herrn und Schöpfer wurden in der morgendlichen Ruhe am Ufer des Kishon Wünsche ausgesprochen. Verfehlungen vom Vortage, aber auch die positiven Seiten wurden Gott gedankt, Besserung gelobt und ebenso der vor ihnen liegende Arbeitstag verplant.

Vor einigen Jahren hatte er von seinem Vater die Baufirma mit über 15 Angestellten, Handwerkern, Zimmermännern, Maurern und Schreinern, übernommen. Bei großen Projekten wurden je nach Bedarf auch immer wieder Tagelöhner eingestellt.

Seit mehreren Generationen lag das Unternehmen in den Händen der Familie, die aus dem messianischen Stamm Davids hervorging, hatte sie zu Wohlstand und somit auch in die führende Klasse erhoben.

Mit der Leitung wurde somit auch die gesamte Verantwortung auf ihn übertragen und Jakob, sein Vater, hatte sich langsam auf sein Altenteil zurückgezogen.

Doch Jakob, Josefs Vater, konnte nicht lange seinen wohlverdienten Ruhestand genießen. Gott holte ihn schnell und unverhofft zu sich.

Josefs Mutter Johanna, die bei seiner schwierigen Geburt das Zeitliche gesegnet hatte, hinterließ bei seinem

Vater einen tiefen Spalt des Verlustes, an dem er sein ganzes Leben lang zu kauen hatte, daran schlussendlich zerbrach.

Josef, der ohne fürsorgliche Mutterliebe heranwuchs, suchte Ersatz bei seinem Thora-Lehrer. Durch den Wohlstand der Familie war eine gute Ausbildung für Josef finanziell gegeben, was zu dieser Zeit eher eine Seltenheit darstellte. Nur wenige waren des Lesens und Schreibens mächtig. So wurde Josef ab dem sechsten Lebensjahr von einem Thora-Lehrer in einer Synagoge, dem Bet- und Versammlungshaus der Juden, täglich unterrichtet. Er lernte nach und nach die hebräischen Buchstaben schreiben und lesen. Voller Stolz zelebrierte er vor seinem Vater seine Fortschritte, las er doch schon bald jeden Abend aus der Thora, der wichtigsten Schrift im Judentum, laut und deutlich vor. Dabei zeigte sein Gesicht eine Mischung aus Stolz und Aufregung.

Dem kleinen Josef, einem gelehrigen Schüler mit einem unstillbaren Wissensdurst, war damals das große Privileg einer umfassenden Ausbildung, das er damit genoss, noch gar nicht bewusst. Zu dieser Zeit konnten nur wenige schreiben und lesen. Die teure Tinte, Federn und Pergament konnte sich nur eine kleine Minderheit von Privilegierten leisten. Zur Übung wurde meist mit einem Stock oder den Fingern in den Sand geschrieben.

Jede freie Minute versuchte Josef mit seinem Vater zu verbringen. Schnell war klar, dass er auch zu einem geschickten Handwerker heranwuchs. Jakobs Vaterstolz konnte jeder sehen und spüren und er machte kein Hehl daraus, auch wenn es nach der Thora eine Sünde sein sollte, zu viel Stolz an den Tag zu legen. Ja, mit der Demut hatte er es nicht so.

Auch die Streitgespräche, die Josef mit seinem Vater oft führte, waren in einer Zeit der Unterwürfigkeit eine Besonderheit.

„Papa, ich verstehe nicht, warum Gott gesagt haben soll, macht euch die Welt untertan. Ich finde diesen biblischen Spruch anmaßend. Hierbei geht es doch um Gewalt und Nichtachtung von Gottes Schöpfung!"

Es war seine Art, hinter die Dinge zu blicken und sie zu hinterfragen. Dies wurde von dem Thora-Lehrer nicht immer gerne gesehen, verschlug ihm manchmal sogar die Sprache.

Dann, mit Vollendung des dreizehnten Lebensjahres, kam für Josef eines der wichtigsten Ereignisse im Leben eines jüdischen Jungen, die Mizwa-Feier. Heute ist dies ein wenig zu vergleichen mit der Erreichung der Volljährigkeit. Mit dieser Feier wird der Junge in die Gemeinde aufgenommen und ist damit religionsmündig, muss und darf in der Gemeinde mitarbeiten und ist für sein Handeln eigenverantwortlich.

Viele Jungen heirateten damals schon in diesem zarten Alter. Genauso wichtig im Judentum war und ist in Palästina die Beschneidung der kleinen Jungen, acht Tage nach der Geburt. Die Beschneidung ist ein Symbol dafür, dass der Junge in den Bund Gottes mit seinem Volk aufgenommen und er dadurch auch zu „Abrahams Sohn" wurde bzw. wird. Diese jüdischen Rituale und Bräuche strukturieren das Leben eines jeden Juden.

Nach dem Tod seines Vaters lebte Josef zusammen mit einer unverheirateten Tante, die die Hausarbeiten verrichtete, alleine im herrschaftlichen Haus.

Zu dieser Zeit gehörten normalerweise zu einer Familie nicht nur Vater, Mutter und Kinder, sondern auch Großeltern, unverheiratete Tanten oder jüngere Geschwister des Mannes.

Doch diese gab es nicht mehr, waren entweder schon gestorben oder führten einen eigenen Hausstand.

Die unverheiratete Tante war eine zuverlässige Hilfe, kochte ausgezeichnet und erledigte die Arbeiten im Haus. Und doch fühlte Josef sich oft alleine, manchmal auch überfordert, wünschte sich sehnlichst eine Frau, mit der er sich austauschen und seine Probleme besprechen konnte, doch diese war ihm bislang nicht begegnet.

Seine Eltern hatten für ihn schon kurz nach seiner Geburt, wie hier seit Generationen Usus, eine Frau ausgesucht. Die Herkunft dieser besaß die höchste Priorität. Sie musste aus einer gehobenen, unproblematischen Familie, also einer Familie, die seit Generationen in Harmonie lebt, stammen. Die Erbsünde, die Unbeflecktheit, sollte durch die Herkunftsfamilie möglichst gering gehalten oder gänzlich ausgeschaltet werden.

Die Religion der Urväter nämlich besagte, dass eine unbefleckte Geburt das Leben derjenigen Menschen sehr bereichere und sich auf alle im Umfeld Lebenden, insbesondere auf die Kinder und Enkel immer wieder übertrage. Egoismus, Nationalismus, ja auch Gewalt würden somit reduziert und eine bessere Welt könne geschaffen werden.

Maria, Tochter von Eli, die Josef längst versprochen war, hatte sich aber sehr früh in einen anderen Mann verliebt. Somit war es nie zur Vermählung mit ihr gekommen. Das Versprechen war vor Jahren aufgelöst worden. Zum Leid von Josef, denn Maria war für ihn seit Kindesbeinen eine ganz besondere Frau. Ihr Aussehen, ihr ganzes Wesen berührte Josefs Herz, doch er wusste um die Sinnlosigkeit eines Kampfes um die Liebe, wenn eine Frau einen anderen liebt.

Und so blieb er alleine. Wann sollte er auch auf Brautschau gehen? Den einzigen freien Tag in der Woche, den Sabbat, widmete er Gott mit Gebeten in der Synagoge und am Nachmittag wurde jeweils schon die kommende Arbeitswoche geplant. Er war voll und ganz mit seinem Unternehmen ausgelastet und fiel abends meist ohne Übergang in einen tiefen und traumlosen Schlaf.

Und dann sah er sie, wie sie langsam, wie in Trance, Schritt um Schritt ins reißende Wasser des Kishon stieg. Auch wenn er sie nur von hinten erblicken konnte, wusste er sofort, es ist Maria. Sein Verstand arbeitete auf Hochtouren und war doch wie gelähmt.

„Neiiiiin! Bleib stehen, tue es nicht! Bitte", schrie er angstvoll und voller Entsetzen, lief ohne zu überlegen wie von der Tarantel gestochen los.

Es ging um Leben und Tod. Dabei spürte Josef nicht, wie er sich immer wieder die Füße an den großen, am Ufer angeschwemmten Steinblöcken stieß und Blut in dünnen Rinnsalen in die Sandalen lief.

Das Wasser reichte ihr schon bis zur Hüfte und es konnte sich nur um Sekunden handeln, bis die Strömung sie mitreißen und für immer verschlingen würde.

Die Angst um sie steigerte sich in ihm ins Unendliche. Flink wie ein Wiesel sprang er über die Hindernisse, das angeschwemmte Holz, die Steine, bis er das Wasser erreichte.

Zu spät!

Im selben Moment wurde Maria von den Wassermassen mitgerissen.

Josef sprang kopfüber in den Kishon, hatte sie mit einigen kräftigen Schwimmzügen schnell erreicht und griff beherzt nach ihr. Er bekam sie zuerst von hinten an ihren langen, kräftigen, schwarzen Haaren zu fassen und griff dann blitzschnell mit der anderen Hand um ihren Hals.

Dabei achtete er darauf, dass ihr Kopf über Wasser blieb, sie kein Wasser schluckte. Mit beiden Füßen strampelte Josef wie wild, versuchte sie im Schlepptau ans Ufer zu ziehen.

Doch es war erfolglos!

Er konnte sich noch so anstrengen, gegen die Urgewalt des Wassers ankämpfen, die reißende Strömung war einfach zu übermächtig.

Hinter der nächsten Biegung sank das Flussbett terrassenförmig ab und war dazu noch durch dicht in den Fluss geschobene Felsen wesentlich verengt. Mächtige Felsblöcke lagen über das ganze Flussbett verstreut im tobenden Wasser. In hochstiebenden Schaumfontänen brach es sich an den Felsblöcken, als wolle es die lästigen Giganten aus seinem Bereich hinwegschleudern, fortspülen, einfach loswerden. Und Josef war sich bewusst, er musste vor diesen Stromschnellen das rettende Ufer mit ihr erreichen, sonst war es um ihrer beider Leben geschehen.

Josef wusste, dass sie nicht schwimmen konnte, und redete beruhigend auf sie ein, doch in Wirklichkeit redete er mit sich, musste seine Nerven beruhigen. Sie nahm von alledem nichts mehr wahr, war weggetreten, apathisch.

Inzwischen waren sie schon ein paar Hundert Meter flussabwärts auf die besagte Stelle, an der der Kishon in einem scharfen Bogen nach rechts abknickt, abgetrieben. Die starke Strömung schaufelte sie wie durch ein Wunder auf die Außenseite des Flussbogens und Josef verspürte plötzlich wieder rettenden Grund unter seinen Füßen.

Maria hatte zwischenzeitlich das Bewusstsein verloren. Mit beiden Händen griff er dem leblosen Körper unter die Schultern und zog ihn Kopf voraus wie ein Stück schwimmendes Holz hinter sich her zum Ufer. Peinlich genau achtete er auch hier darauf, dass ihr Gesicht stets über Wasser blieb. Außer Atem hievte Josef Maria ganz vorsichtig aus dem Wasser, zog sie die flache Uferböschung hinauf.

Im Augenblick herrschte in seinem Kopf ein Chaos, er konnte einfach keinen klaren Gedanken fassen. Alles überschlug sich in seinem Gehirn.

Josef atmete ein paarmal tief durch und zwang sich und die vielen Gedanken, die sich wie Tausende von Ameisen gleichzeitig in alle Richtungen bewegten, zur Ruhe.

Die Ereignisse waren unwillkürlich ohne vorherige Ankündigung über ihn hereingebrochen. Das Ganze wäre schon schlimm genug gewesen, wenn es sich um eine ihm fremde Person gehandelt hätte. Aber dass es gerade Maria, seine verlorene Liebe, sein musste, hatte ihm einfach, im wahrsten Sinne des Wortes, den Boden unter den Füßen weggerissen.

So lag sie nun ruhig und anmutig wie ein Engel mit nass verklebtem, langem, schwarzem Haar über dem Gesicht da, gab ihre ungezügelte Schönheit preis. Ja, sie ist mit ihrer leicht gebogenen Nase, den dunklen, üppigen Augenbrauen, dem etwas ovalen, aber gut geschnittenen

Gesicht und ihren vollen und sinnlichen Lippen wunderschön, sinnierte Josef. Vorsichtig strich er ihr mit der Hand liebevoll die nasse Strähne aus dem Gesicht und war versucht, sie zu küssen.

Dann fiel ihm unwillkürlich auf, dass sich unter dem noch vor Wasser triefenden Baumwollkleid ihr Bauch rund wie eine Kugel nach außen wölbte.

Zuerst konnte er sich keinen Reim darauf machen und versuchte es gedankenversunken glatt zu ziehen. Aber dies war keine Falte im Kleid, nein, es war ihr Leib. Und es ließ sich nicht glätten.

Sie hat doch kein Wasser geschluckt und …, kam es ihm plötzlich in den Sinn, verängstigte Josef abermals. Doch dem war nicht so, musste er feststellen, nachdem er nochmals ihren Bauch ganz vorsichtig abtastete.

Dann, wie ein Blitz aus heiterem Himmel, schoss es ihm durch den Kopf:

Mein Gott, sie ist schwanger!

„Was ist geschehen?

Ahhh … Josef, duuu …, äääähhhm, was mache ich hier?", fragte sie verwirrt mit etwas belegter Stimme, nachdem sie verdutzt die Augen geöffnet hatte.

„Beruhige dich, Maria", sprach er mit ruhiger, gleichmäßiger Stimme auf sie ein. Josef versuchte seine Nervosität mit einer gespielten Gelassenheit zu verbergen und strich ihr liebevoll über die Wange.

„Kannst du aufstehen, Maria", fragte er sie, noch ein wenig gedankenversunken, „oder soll ich Hilfe holen?", fügte er nach einer kleinen Sprechpause beklommen hinzu.

„Ja, ich glaube schon, du musst mich nur ein wenig stützen! Ich fühle mich schwach", kam leise die Antwort, in der Unsicherheit und Angst mitschwangen.

„Danke, Josef", sagte Maria und nahm vorsichtig einen kleinen Schluck Tee aus der dampfend heißen Tasse. Ihre bläulichen Lippen zitterten vor Kälte und Aufregung immer noch wie Espenlaub.

Nachdem sie wieder zu Bewusstsein gekommen war, hatte Josef sie untergegriffen und in sein Haus, das nur ein paar Hundert Meter vom Fluss entfernt lag, gebracht. Sie war jedoch so schwach und zitterig auf den Beinen, dass sie mehrere Pausen einlegen musste, um neue Kräfte zu sammeln.

Er hatte ihr trockene Kleidung von seiner Tante gegeben.

Das massiv gemauerte Haus bestand aus mehreren Räumen und große Fensteröffnungen erhellten jedes einzelne Zimmer. Man konnte den Reichtum in diesem Gebäude förmlich riechen.

Die Häuser zu dieser Zeit waren normalerweise klein und sehr einfach aus grob behauenen Steinen, mit Lehm und Kies vermauert, gebaut. Diese Hütten hatten meist nur wenige, kleine Fensteröffnungen, die sehr hoch oben in den Mauern angebracht waren. Wenn es kalt wurde, stopfte man sie mit Stroh einfach zu. In der heißen Jahreszeit wiederum konnte jedoch durch die nur kleinen Fensteröffnungen nur wenig Hitze eindringen und es blieb länger kühl im Innern.

Die Flachdächer dieser kleinen Häuser, die über Holzstufen erreicht wurden, waren bei schwülem und heißem Wetter ein überaus beliebter Schlafplatz, über dem sich der ganze funkelnde Sternenhimmel unverdeckt zum Greifen nah ausbreitete.

Da diese Behausungen meist aus einem einzigen Raum bestanden, waren sehr enge Verhältnisse angesagt.

Die Familien damals waren Großfamilien, mit häufig acht oder mehr Personen. Neben den Menschen lebten zusätzlich die Tiere ebenerdig im Haus.

Der Wohnraum der Menschen befand sich meist im hinteren Teil des Hauses auf einer erhöhten Plattform, unter der die Vorräte aufbewahrt wurden. Gesessen wurde auf Strohmatten und als Ruhestätte dienten grobe Teppiche mit Decken, die erst nachts zum Schlafen ausgerollt wurden. Für Möbel war kein Platz und meist auch kein Geld vorhanden.

Diese sehr dunklen Räume erhellten Öllämpchen, die in Mauernischen standen und dem Ganzen einen gespenstischen Anstrich gaben.

„Josef, ich weiß gar nicht, wie ich dir dies alles erklären soll", sagte Maria ängstlich, stotternd und scheu wie ein Reh mit ihren bernsteinbraunen Augen, und es kam ihr vor, als laste ein tonnenschwerer Mühlstein auf ihrem Herzen.

„Es ..., es ... es tut mir so leid, dass ich dich, ... damals im Stich ließ und ...", fing sie stotternd mit unsicherer Stimme ihre Erzählung an.

Doch Josef kannte den größten Teil dieser Geschichte.

Sie, Maria, hatte sich einfach zu einem anderen hingezogen gefühlt und nicht ihn, den Versprochenen, geliebt. So wurde die arrangierte Ehe abgesagt. Er, Josef, hatte es so gewollt und nicht darauf bestanden, wie es von beiden Elternteilen verlangt wurde, dass sie sich von ihrem Geliebten trennte. Nein, Josef war ein freiheitsbewusster und liebender Mensch, dem Zwang und Kampf ein Gräuel war.

„Ja, und dann, als ich ihm sagte, dass ich ein Kind von ihm erwarte, wollte er nichts mehr von mir wissen und verschwand von heute auf morgen. Was sollte ich nun tun?", berichtete sie weiter, mit den Gedanken in der Vergangenheit, von dem Erlebten.

„Ich wollte das Kind nicht wegmachen lassen, aber genauso schwierig und unerträglich war der Gedanke, ein uneheliches Kind zur Welt zu bringen. Du weißt doch, wie die Gesellschaft hier darauf reagiert. Und so entschloss ich mich schweren Herzens, zu dir zu kommen und dich um deinen Rat zu bitten. Aber als ich frühmorgens alleine mit meinen vielen Problemen vor deinem

Haus stand, da ..." Dicke Tränen liefen über ihre Wangen und sie fing an zu schluchzen, ihr ganzer Körper zitterte.

Josef legte beruhigend seine Hand auf ihre Schulter.

„Du weißt doch, dass ich dir immer gutgesinnt bin und meine Haustür für dich immer offen steht", sagte Josef mit seiner sonoren und beruhigenden Stimme schon fast andächtig.

Er konnte seinen Blick von dieser wunderschönen Frau, deren Anblick wie Rauschmittel auf ihn wirkte, nicht abwenden. Nein, das konnte er nicht.

Josef verspürte wie an jenem Tag, als er sie zum allerersten Mal sah, tiefe Zuneigung zu ihr. Wenn er mit ihr zusammen war, war sie wie Opium oder Hasch für ihn und seine Brust schien zu explodieren. Und er wusste, dies würde sich niemals ändern, es wird immer so sein. Bis in alle Ewigkeit.

„So, und jetzt ruhe dich aus, schlafe ein wenig und wenn du wieder bei Kräften bist, werden wir gemeinsam eine gute Lösung finden", sagte er lächelnd und verließ den Raum, in dem seine Tante ein Bett für Maria frisch bezogen hatte.

Josef schwankte zwischen himmelhoch jauchzend und höllischer Angst, konnte sich bei der Arbeit nicht konzentrieren, war den ganzen Tag unruhig und nervös. Am späteren Nachmittag lichteten sich seine dunklen Gedankenwolken und er musste sich eingestehen, wenn er mit Maria zusammen war, dass ein unglaubliches Gefühl der Vollkommenheit in ihm ruhte.

Das Fenster am Kopfende des Bettes ließ grelles Sonnenlicht hereinströmen, zeichnete feine Strukturen auf die frisch weiß getünchte Wand neben ihr. Winzig kleine Staubpartikel tanzten ruhig und gleichmäßig in den Sonnenstrahlen, die sich kerzengerade wie mit einem Lineal gezogen bis zur Wand hin ausbreiteten, um dann im rechten Winkel an ihr abzuknicken.

Sie war hellwach und für einen kurzen Augenblick kam es ihr vor, als sei alles unwirklich. Die Stille um sie herum war irgendwie anders, fremd und ungewohnt, und doch auch angenehm. Sie lag hier in einem fremden Haus, in einem fremden Bett, gerettet von dem Mann, den sie vor langer Zeit vor den Kopf gestoßen, abgelehnt hatte, seine Liebe nicht erwidern wollte.

Ihr Blick wanderte durchs Zimmer zu einer uralten Kommode, auf der eine Menora, ein siebenarmiger Kerzenleuchter, eines der wichtigsten religiösen Symbole des Judentums, stand, und wusste, dass sich ihre Welt irgendwie verändert hatte. Wie genau, wusste sie im Augenblick noch nicht, doch ein innerer Bote, ein Gefühl hatte es ihr signalisiert.

Urplötzlich zog sich ihr Magen zusammen, als die Ereignisse des vergangenen Tages an ihre Oberfläche kamen, aus dem Nichts wieder auftauchten.

„Guten Morgen, wie geht es dir, Maria?", riss Josef sie aus ihren Gedanken. Als er die Tür öffnete, hob sich unmittelbar die Wolke der Traurigkeit, schwebte davon.

„Danke, gut, Josef! Iiich ... fühle mich noch ein wenig schwach und äähhm ...", sagte sie zögerlich, stockte dann für einen kurzen Augenblick, „schäme mich unendlich", antwortete sie weinerlich und schuldig, ohne wirklich bei der Sache zu sein. Ihr Unterkiefer sank herab und die Angst hatte wieder ihr ganzes Wesen eingenommen.

Die fast schon mädchenhafte Sanftheit, die in Josefs bernsteinfarbenen Augen lag, nahmen ihren Blick gefangen. Sie konnte ihm nicht entkommen, klebte wie feuchtes Mehl an den Fingern, hielt ihren Blick fest. Er, ein großer, gut gebauter Mann, mit einem von der täglichen Arbeit muskulösen Körper, schulterlangem Haar. Seiner Ausstrahlung, seinem Wesen konnte sich niemand entziehen. Überall, wo er auftauchte, zog sein ganzes Sein alle Blicke auf sich.

„Ich habe letzte Nacht fast kein Auge zugetan", sagte Josef, als sie zusammen am selbstgezimmerten Tisch zum gemeinsamen Frühstück in der großen Küche saßen. Das Haus von Josef, das sein Vater auf einer kleinen Erhebung errichtet hatte, bot von der Küche aus einen wunderbaren Ausblick auf den vorbeifließenden Kishon.

„Ich habe mir den Kopf zerbrochen, was wohl die beste Lösung für dich, entschuldige, ich meinte, für uns ist", sagte er mit ernster Miene, und man konnte aus seiner etwas verkrampften Körperhaltung ersehen, wie wichtig ihm das Ganze war, „doch schlussendlich kam ich zum Ergebnis, dass wir nur gemeinsam eine Lösung finden können. Ich kenne ja deine Zukunftspläne nicht und …"

„Tja, genau hier liegt mein größtes Problem, ich weiß es selbst nicht!", fiel Maria ihm mit weinerlicher Stimme wie ein kleines, angeschuldigtes Kind ins Wort.

„Könntest du dir vorstellen, mit mir unter einem Dach zu leben?", fragte er sie direkt, ohne Umschweife. Josef war nicht der Mann, der gerne um den heißen Brei herumredete, bei ihm wurde Tacheles gesprochen, das Problem immer direkt angegangen.

„Ja, willst du mich unter diesen Umständen überhaupt noch, bald werde ich nicht mehr alleine sein", warf sie fragend und erwartend ein, „und ich habe dich vor Jahren sehr verletzt, das ist mir wohl bewusst!", fügte sie schuldbewusst hinzu.

„Ach was, das ist Schnee von gestern, ich war dir nie böse. Deine Liebe galt jemand anderem und du hattest keinen Einfluss darauf", antwortete er, „und heute ist heute. Maria, ich habe dich vom ersten Augenblick an geliebt und daran hat sich bis heute nichts geändert.

Wenn man jemanden wirklich liebt, dann gibt man diese Person frei, auch für einen anderen, damit sie glücklich sein kann. Alles andere ist egoistisch und selbstsüchtig!"

Als Josef so argumentierte, zog es Maria vor lauter Glück, ja, es war schon eine Art von Ehrfurcht, fast den Boden unter den Füßen weg. Und sie spürte, wie neue Hoffnung in ihr aufkeimte, die Dunkelheit in ihrem Herzen sich langsam lichtete.

Josef hatte vergangene Nacht mit den verschiedenen Gedanken sehr gehadert:
Konnte er dieser, nach seiner Religion beschmutzten, unreinen Frau überhaupt trauen, brachte sie nicht Unheil über ihn?
Aber wie er es auch drehte und wendete, sein Bauchgefühl sagte ihm, dass Religion und Ethik zwei verschiedene Dinge sind.
Ohne Religion kann der Mensch leben, aber ohne innere Ethik, dem Mitgefühl, aus der auch die Verantwortung und Fürsorge für andere entspringt, ist ein erfülltes Leben nicht möglich. Schlussendlich war Josef klar, er liebte sie und wollte sein Leben mit ihr teilen, egal, was geschehen war!

Maria hatte in ihrem ganzen Leben noch nie jemanden getroffen, der so offen und ehrlich über seine Gefühle und Gedanken sprach wie Josef. Wie vom Blitz getroffen fühlte sie sich von einem Augenblick zum anderen zu ihm hingezogen und ihr war bewusst, dies ist er, den ich eigentlich suchte. Muss der Mensch denn immer einen Umweg machen, bevor er ans Ziel kommt, dachte sie danach belustigt.

Sie waren sich einig, dass sie nach außen hin das Ganze anders verpacken mussten. Denn der Bauch von Maria wölbte sich schon sehr stark und man konnte die

Schwangerschaft nicht mehr lange vor anderen Menschen verbergen.

„Wir könnten ja behaupten, dass ich durch Gottes Segen schwanger wurde und er uns somit eine unbefleckte Empfängnis schenkt", bemerkte Maria ängstlich und kleinlaut. Zum Glück wusste sie damals nicht, was die Mystiker der Nachwelt aus ihrer Geburt konstruiert haben, sonst hätte sie …

„Ja, und es ist auch die Wahrheit. Jede Schwangerschaft ist ja ein Geschenk, ein Segen Gottes, und wird nur durch ihn überhaupt möglich", bestätigte Josef nickend mit zufriedenem Gesichtsausdruck, freute sich über ihre Klugheit. Denn seine Zuneigung zu ihr war stärker als zuvor, als alles andere auf der Welt.

Kapitel 1

Am frühen Morgen wurde Jesus von einem Sonnenstrahl geweckt, der durch das Fenster des Tempels schien. Er blinzelte gegen das Morgenlicht und ein ekstatisches Jucken in seiner Nase – ein Reiz, den wohl jeder kennt, machte sich breit – war der sichere Vorbote eines lauten und unumgänglichen, aber auch lustvollen und befreienden Niesens.

Er setzte sich danach hellwach auf, fuhr sich gedankenverloren mit der rechten Hand durch sein langes, braunes Haar und hörte im Innern die Worte:

Der erste Gedanke des Tages ist der wichtigste.

Du entscheidest damit den Verlauf des Tages zwischen Freud oder Leid.

Also sei dir bewusst, es liegt in deiner Verantwortung, wie der Tag verläuft.

Wie wahr und einfach diese alte Weisheit ist, dachte er und betrachtete gleichzeitig die helle Schiene der Sonnenstrahlen, die sich durch den ganzen Raum zog.

Gestern war Neumond, also bin ich schon seit zwei Monaten hier, rechnete er in Gedanken nach und konnte es nicht fassen, wie schnell und unaufhaltsam die Zeit wie Sand durch die Finger rinnt.

Die Karawane

Die dichte Staubwolke verkündete ihre Nähe. Man konnte die farbenprächtigen, hell leuchtenden Gewänder und die in der Sonne funkelnden Waffen der Wachmannschaft bereits gut erkennen.

Jesus hatte sich der Karawane, die durch die Syrischen Wüsten nach Damaskus gekommen war, angeschlossen. Und ihm war bewusst, dass er mit diesem Schritt die Komfortzone definitiv verließ, sich aufmachte ins ungewisse Abenteuerleben.

Nicht Neues entdecken, sondern altes, schon vorhandenes Wissen wiederfinden, Unbekanntes erforschen lag ihm am Herzen.

Die große Karawane, die auf der Seidenstraße ins Reich der Mitte zog, wurde durch fünf Kaufleute, einen Händler aus Griechenland, zwei römische und zwei hebräische Kaufleute, finanziert.

Um sich der Karawane anschließen zu können, musste er sich einkaufen, sehr teuer einkaufen. Die Händler waren kühle Rechner, eben Kaufleute und Händler zugleich.

„Uns kostet das Unternehmen sehr, sehr viel Geld, ein kleines Vermögen. Die Kamele, die Pferde, die Verpflegung und nicht zu vergessen die Wachmannschaft treiben uns fast in den Ruin und dann noch …", argumentierten sie eifrig, jeder wusste noch was mit ernster Miene hinzuzufügen und in ihrer Stimme lag ein Unterton, der schon in Theatralik abrutschte. Ja, und Jesus blieb nichts anderes übrig, als in den sauren Apfel zu beißen, das Goldstück, das sie forderten, zu löhnen.

Der Tagesablauf wiederholte sich Tag für Tag immer wieder aufs Neue:

Ein Vorbote ritt am späten Nachmittag, wenn sich die Sonne schon zu drei Vierteln über den Horizont geschoben hatte, zur Erkundung eines geeigneten Lagerplatzes voraus, an dem man der Kälte der Nacht am wärmenden Feuer entfloh oder zumindest es versuchte.

Vor dem Dunkelwerden wurden zwei Zelte – eines diente als Schlaflager, das andere als Speisezelt der Händler – aufgeschlagen.

Und zum Schutz vor Banditen die Kamele und Pferde ringförmig um das Lager verteilt. Die Tiere bildeten einen lebendigen Wall.

Zwei Mann saßen regungslos und steif die halbe Nacht gut getarnt hinter dem Wall und hielten Wache. Um Mitternacht wurden sie dann durch zwei andere abgelöst. Die Wachen waren in der Dunkelheit nicht auszumachen. Nicht mal der eiskalte Wind der Morgendämmerung, der ihnen bis in die Knochen fuhr, konnte ihnen was anhaben. Sie verharrten die halbe Nacht hindurch fast regungslos, als wären sie nicht vorhanden.

Zwei Augenpaare starrten stundenlang auf die Umgebung, denn die Sicherheit der kostbaren und erlesenen

Ware, die zum Tauschhandel mitgeführt wurde, stand immer im Vordergrund.

So verbrachten die fünf Kaufleute das Abendmahl gemeinsam in einem großen, türkisblauen Zelt, mit wertvollen Teppichen auf dem Boden ausgelegt. Die feingeknüpften Bodenbeläge mit blutroter, blauer und goldener orientalischer Ornamentik leuchteten samtig weich im Schein der aus Kupfer getriebenen Öllampe.
Der Lichtschein geisterte bei jedem Luftzug gespenstisch und unwirklich, vermischte im Dunkel der Nacht diese Farben.

Die reichen Kaufleute aßen gemeinsam, tauschten vor dem Schlafen alte Geschichten aus, diskutierten über die Preisentwicklung von Gold, Seide, Edelsteinen und Gewürzen. Sie ruhten auf kunstvoll bestickten und mit Goldbrokat eingefassten Sitzkissen.

Ihre Diener, die geduldig vor dem Zelt auf ihren Einsatz warteten, wurden durch Händeklatschen aufgefordert, die Herrschaften zu bedienen und ihren Wüschen zu entsprechen.

Jesus dagegen verbrachte die Nacht im Freien bei den Dienern und Soldaten, versuchte sich am hell leuchtenden, warmen Feuer die Kälte vom Leib zu halten. Dabei änderte er seine Position immer wieder, wenn nach einiger Zeit Gesicht und Brust vom heißen Feuer fast gegart und der Rücken sich dagegen wie kaltes Eis am Nordpol anfühlte.

Hier wurde nicht über Gewinnmaximierung diskutiert. Hier sprach man meist über existenzielle Probleme; wie man wohl das fünfte Kind, das bereits unterwegs war, auch noch sattbringen würde oder dass eine Lungenentzündung eines dahingerafft hatte, da einfach nicht genügend Geld für das Arzthonorar vorhanden war.

Die Angst vor Überfällen jedoch war ein immer präsentes Thema. Die Mehrzahl der Soldaten war nicht zum ersten Mal auf der Seidenstraße unterwegs und wusste von spannenden Erlebnissen zu berichten.

„Letztes Jahr, unsere Karawane war noch keine Woche auf dem Rückweg, als wir nachts ohne Vorwarnung, ohne irgendein Geräusch von mindestens 20 Räubern überfallen wurden. Die schwer Bewaffneten hatten ihre Gesichter mit Turbanen verdeckt, sodass wir trotz des hellen Feuerscheins keines erkennen konnten", sagte der Anführer der Wachen, ein schon älterer Soldat, dessen von der Sonne gegerbtes Pergamentgesicht von einem bewegten Leben kundete. Seine Augen funkelten voller Furcht im Widerschein des Lagerfeuers, untermalten somit die Erzählung, machten sie glaubwürdiger.

„Sie tauchten wie Gespenster aus dem Nichts auf. Jeder Widerstand wäre Selbstmord gewesen. Sie nahmen uns alle Waffen ab, fesselten uns und raubten alles, aber auch alles, was einen Wert besaß. Die vielen Ballen Seide, die Gewürzsäcke, den Schmuck. Gott sei Dank haben sie uns genügend Wasser und die Kamele gelassen, sonst ... ich darf gar nicht darüber nachdenken, was sonst mit uns geschehen wäre", berichtete er mit Nachdruck, und Jesus konnte die Spannung, die sich in ihm aufgebaut hatte, förmlich spüren, übertrug sich auf alle, die gespannt am Feuer lauschten.

„Ja, und ich bin auch diesmal froh, wenn wir wieder gesund zu Hause ankommen und alles ohne schwere Zwischenfälle verläuft", beendete er seine Erlebnisse, war mit seinen Gedanken nicht anwesend, war bereits wieder bei seiner Familie.

„Ich bin zum ersten Mal dabei", sagte der noch relativ junge Wächter lebhaft, „und finde es sehr spannend, durch die verschiedenen Landschaften zu ziehen, immer wieder auf andere Menschen zu treffen.

Ihr müsst wissen, bis vor einem halben Jahr kam ich nicht weiter als bis zu den Toren Roms. Da endete meine Welt ..." In seinen Augen spiegelte sich der Widerschein des flackernden Feuers und seine Freude war bei jedem Wort herauszuhören.

Er, der sich als Cornelius vorgestellt hatte, berichtete, dass er bis vor ein paar Jahren Sklave eines reichen Senators in der riesigen Metropole Rom gewesen war. Durch diesen Reichtum, so berichtete Cornelius, konnte sein Herr jeden Tag in warmem Wasser mit Lavendelextrakt baden. Stellt euch vor, jeden Tag in warmem Wasser, wiederholte er, um die Zuhörer auf den unsagbaren Luxus nochmals hinzuweisen.

„Doch er setzt sich im Senat auch für die Armen ein, sein Credo lautet:
Wenn Armut abgeschafft ist, kann man Reichtum besser tolerieren."

„Aber warum badet er jeden Tag und dann noch in, wie hast du es genannt, La... Lave... ja richtig, Lavendelwasser?", fragte ein anderer Wächter mit verständnisloser Miene. Dieser saß direkt neben Jesus, dessen Nase und Mund sich schlagartig verschlossen, als ihn ein Schwall übelsten Mundgeruches, schlimmer als faules Fleisch, in die Nase stach.

„Weil er sich das alles leisten kann und es die üblen Gerüche überdeckt. Es soll auch gegen verschiedene Krankheiten vorsorglich wirken. Deshalb musste ich mindestens einmal die Woche seine Kinder ebenfalls mit diesem Extrakt abreiben. In dem Wort Lavendel ist das griechische Wort *Lavare* enthalten, was waschen bedeutet.

Cornelius – sagte er einmal zu mir –, Lavendel ist das Synonym für Sauberkeit. Den frischen, blumigen und würzigen Duft verwenden sogar die ägyptischen Herrscher, erklärte mir mein Herr." Dann fuhr er fort mit der Erzählung:

Eines Tages entfachte sich ein Feuer im Erdgeschoss des Hauses, was aber eher schon einem Palast glich, in dem er diente. Die Flammen breiteten sich rasend schnell aus und im Nu brannte das ganze Haus des Senators lichterloh. Alle flüchteten vor der Flammenbrunst ins Freie.

„Wo ist mein Sohn, wo ist mein Sohn?", schrie der Senator, sprang hin und her wie von einer Tarantel gestochen.

„Ohne zu überlegen rannte ich in das flammenüberwucherte Haus. Die Hitze schlug mir wie eine Backpfeife entgegen und ich hatte das Gefühl, meine Haut im Gesicht würde ebenfalls brennen. Die berstenden Balken krachten und knallten wie der Donner bei einem heftigen Gewitter zu Boden. Dies verängstigte mich so sehr, dass ich keinen klaren Gedanken mehr fassen konnte. Mit angehaltenem Atem suchte ich mir einen Weg durch die heißen, beißenden Rauchschwaden.

Wie ein undurchdringlicher Vorhang standen sie in der Empfangshalle, nahmen mir jegliche Sicht und verdichteten sich immer mehr.

Zum Glück kannte ich das Gebäude so gut wie jeden einzelnen Faden meines Gewandes." Dabei zupfte er nervös mit der rechten Hand an seinem Leinengewand.

„Dann plötzlich hatte ich das Gefühl, die Lunge würde jeden Augenblick platzen, doch mein Instinkt wusste, dass ich den giftigen Rauch nicht einatmen durfte, sonst wäre es mit mir ein für allemal aus gewesen.

Trotz aller Widrigkeiten kämpfte ich mich durch diese Hölle, das alles fressende Flammenmeer und die sengende Bruthitze hindurch", berichtete er mit einer Gestik, die allen unter die Haut ging, und seine Augen hatten einen Ausdruck, als stünde er dem leibhaftigen Teufel gegenüber.

„Dann sah ich es vor mir, ängstlich schluchzend im Bett liegen. Das Baby des Senators hatte Glück im Unglück, der Raum war erst unter der Decke bis zur Mitte mit Rauch gefüllt. Dieser Anblick erinnerte mich an einen stark bewölkten Himmel." Dabei erhob er beide Arme himmelwärts, um das Ganze nachdrücklich zu untermalen.

„Doch diese Wolken schienen lichterloh zu brennen …" Dabei starrte er in die Flammen des Lagerfeuers und die züngelnden Flammen spiegelten sich in seinen geweiteten Pupillen.

„Tief gebückt robbte ich auf allen vieren zur Schlafstätte des Kindes. Nahm es auf den Arm und verdeckte das kleine, schreiende Gesicht mit einem Tuch und rannte durch das Inferno zurück" Dabei duckte er sich und lief ein paar Schritte ums Feuer und alle hatten das Gefühl, sie erlebten das Inferno gerade in diesem Augenblick, der Rauch des Lagerfeuers, der ihnen in den Augen brannte, unterstrich dabei das Ganze, machte es greifbar und authentisch.

„Neben mir, … hinter mir, … einfach überall stürzten brennende Gegenstände unter lautem, krachendem Lärm zu Boden und Funken sprühten wie feuerspeiende Drachen. Mehrmals stieß ich wie ein Blinder mit den Füßen gegen Hindernisse, dabei fluchte und schrie ich laut – die Götter mögen mir das verzeihen –, in diesem Durcheinander und den undurchdringlichen Rauchschwaden war nichts mehr zu sehen." Dann schob er eine Pause ein und fing ganz langsam an, weiter zu erzählen.

„Ich konnte die Luft nicht mehr anhalten, meine Lunge schien zu platzen und in meinem Kopf fing es so laut an zu hämmern, als würde der Schmied mit dem Hammer mit voller Wucht auf den nackten Amboss schlagen. Doch der Amboss schien mein Kopf zu sein. So musste ich mich gezwungenermaßen mit dem Kind kurz auf den Boden legen, dahin, wo am wenigsten Rauchentwicklung vorhanden war, und atmete ein paarmal tief ein, um mich zu beruhigen." Dabei spielte Cornelius die Szene nach, atmete tief ein und fuhr mit seiner Erzählung fort.

„Meine Kleidung war inzwischen übersät mit Brandlöchern, doch im Rausch der Aktion nahm ich keine Schmerzen mehr wahr. Nach einer gefühlten Ewigkeit nahm ich meinen ganzen Mut zusammen, stand auf und rannte wie von Sinnen los." Die letzten Worte kamen so schnell über seine Lippen, wie die Beine eines Hundertmeter-Sprinters über die Strecke fliegen.

„Dann endlich spürte ich die erlösende, kühlende Frische auf meiner Haut. Wasser!

Die Feuerwehrleute schütteten mit ihren Löscheimern Wasser über uns. Das war das Letzte, an das ich mich erinnern konnte", berichtete Cornelius weiter.

„Als ich aufwachte, ich weiß bis heute nicht, wie lang ich schlief, lag ich in einem komfortablen, weißen Bett und mein Gesicht war mit etwas Kühlendem bedeckt." Dabei strich er mit beiden Händen über seine Wangen.

„Aus tiefster Dankbarkeit schenkte mir der Senator die Freiheit.

Von diesem Tag an fühlte ich mich frei. Was für ein Gefühl! Einfach unbeschreiblich!

Doch leider, leider, ganz frei war ich noch nicht", unterstrich er wiederum das Ganze mit langsamem Kopfnicken.

„Für die komplette Freiheit fehlten mir die Bürgerrechte. Und ihr müsst wissen, die kann ein Sklave in Rom erst nach erfolgreichen sechs Jahren in Arbeit erkaufen. Mein Herr, der reiche Senator, ist sehr einflussreich. So bekam ich mit seiner Fürsprache eine Anstellung als Feuerwehrmann.

Sechs lange und mühsame Jahre schuftete ich im vierten Bezirk von Rom. Das Leben als Feuerwehrmann ist hart und jeden Tag aufs Neue setzt man sein Leben für andere aufs Spiel. Bis zu fünfzehn Brände pro Tag lassen dich nicht zur Ruhe kommen", erklärte Cornelius, und alle nickten beeindruckt mit dem Kopf. Dann, nach einer kurzen Sprechpause, setzte er seine Erzählung fort.

Cornelius hatte von seinem kleinen Einkommen immer ein paar Sesterzen beiseitelegen und damit nach den sechs Jahren die Bürgerrechte als Römischer Bürger erwerben können. Doch er wusste ebenso, als Feuerwehrmann hatte er keine Zukunft. Jeder kannte hier seine Herkunft, somit war ein Aufstieg in eine höhere Klasse fast unmöglich.

„Durch meinen früheren Herrn erfuhr ich, dass Soldaten als Begleitung für diese Karawane gesucht wurden. Die Entscheidung fiel mir nicht schwer. Die Welt ein wenig kennenlernen und dafür noch Geld bekommen, Herz, was begehrst du mehr?", beendete er seine Geschichte, die ihm ein Grinsen ins Gesicht meißelte wie bei Kindern, denen man einen ganzen Eimer voller Süßigkeiten schenkt.

Und der Spruch, *die Nachtigall singt umso schöner, je dunkler die Nacht ist,* bestätigte sich wieder einmal mit Cornelius' Geschichte.

Die Bewaffneten waren für die Händler ein sehr großer Kostenfaktor, doch diese fünf Händler wussten um den Wert ihrer Handelsware und ein Verlust würde den einen oder anderen die Existenz kosten.

Die ersten Nächte schlief Jesus unruhig, war es nicht gewohnt, in freier Natur neben Pferden und Kamelen auf der nackten Erde zu schlafen, die hin und wieder einen Laut von sich gaben. Doch am schlimmsten war es frühmorgens, da kroch ihm die Kälte in sämtliche Gliedmaßen, trotz seiner dicken Kamelhaardecke.

An das spärliche Essen gewöhnte er sich schnell, nur die Strapazen, den ganzen lieben langen Tag über auf einem Tierrücken zu sitzen, setzten ihm zu.

„Das gibt sich, Jesus. In ein paar Tagen wirst du dich daran gewöhnt haben und wirst nicht mehr absteigen wollen", besänftige ihn Remus, der alte römische Haudegen. Und der musste es ja wissen, denn wie kein anderer hier war er jahrein, jahraus als Wachmann für Karawanen unterwegs, bestritt so seinen Lebensunterhalt.

Die Karawane brach auch diesmal wie immer schon vor dem Erwachen des ersten Sonnenstrahls zum qualvollen

Marsch auf. Mittags machten sie nur kurz Rast, um eine karge Mahlzeit einzunehmen, und wenn die Möglichkeit bestand, wurde auch Wasser gefasst. Und abends, kurz vor Sonnenuntergang, wurde das Nachtlager aufgeschlagen.

Die geheimnisvolle Botschaft

Die Route führte sie westlich durch das von den Bewässerungsfluren trockengelegte Tafelland. Daraufhin folgten sie der fruchtbaren Ebene, dem Tal des Euphrat, dessen politisches Zentrum Bagdad bildete und der sich mit dem Tigris bei Bagdad vereint.

Dann galt es die Höhenzüge des Zagros zu überwinden. Für Mensch und Tier bedeutete dies einen gnadenlosen, kräftezehrenden Kraftakt.

In dieser Hitze schwitzten sogar die Felsen und die Sonne war die uneingeschränkte Herrscherin und ließ sie ihre bissige Wut spüren. Die Luft fühlte sich an wie ein brodelnder Kessel und der Himmel war fahl und farblos. Und dann der Wind, er trieb einem die Bruthitze aus den Tälern, dem erhitzten Boden und den Felsen erbarmungslos entgegen. Vermischt mit diesem widerlichen Sand, diesem feinen Staub ins Gesicht.

Jesus' gerötete Augen brannten und juckten. Und jedes Mal, wenn er versuchte, mit den Fingern den Staub aus den Augen zu reiben, verstärkte sich der Schmerz noch mehr und das Brennen wurde zur Qual. Er drang überall rein, einfach überall, dieser vermaledeite Staub. Auf dem schweißnassen Gesicht klebte er wie eine Maske, und das Atmen fiel ihm immer schwerer. Jeder Atemzug wurde zu einem mühevollen Saugen.

„Was für ein Leben!

Ist das überhaupt noch ein Leben?", fragte sich Jesus völlig ausgepumpt, als sie den nächsten Anstieg hinter sich brachten. Den sie wegen dem steilen, schwierigen, mit Steinen übersäten Gelände neben den Tieren zu Fuß gehen mussten.

„Was diese Handelsleute hier immer und immer wieder auf sich nehmen, um nur noch mehr Geld zu scheffeln?", kam es verständnislos über seine trockenen Lippen.

Die Seidenstraße führte zwischen nördlichen Randgebirgen und dem Wüstengürtel hindurch, dessen größtes Becken die Kavir darstellt. Sie machten halt, füllten Wasser nach und erwarben benötigte Lebensmittel bei den einzelnen Oasen, die aufgereiht wie Perlen auf einer Kette nebeneinander lagen. Die Oasen wurden durch Kariz, unterirdische Stollen, sowie durch Bergflüsse gespeist.

Müde und völlig erschöpft am Südrand der Karakum-Wüste angekommen, erreichten sie auch gleich das turgmenische Merw, wo sie einen Ruhetag, den sie bitter nötig hatten, einlegten.

Dann folgten sie dem steilen Anstieg über das Amudarya.

Nach dem mühsamen Aufstieg zog die Karawane den beiden usbekischen Städte Buchara und Samarkand entgegen.

Von Weitem schon konnten sie die im fruchtbaren Flussbett des Serafscham liegende Stadt Samarkand erblicken. Die mächtigen Kuppeln der Moscheen, deren gefleckte Fassaden in der nachmittäglichen Sonne mit ihren farbenprächtigen Mosaiken wie aus einer anderen Welt zu sein schienen, demonstrierten wortlos den Reichtum dieser Stadt. Nicht umsonst wurde sie das Rom des Ostens genannt.

Auch hier in Samarkand, einem der wichtigsten Knotenpunkte der Seidenstraße, wurden sie wie in allen Siedlungen zuerst von einer Meute kläffender, wild umherrennender Hunde empfangen.

Sie machten in der nächstbesten Karawanserei halt. Frische Lebensmittel und Wasser wurden aufgenommen. Jesus nutzte die Gunst der Stunde, hatte genügend Zeit, die mit hohen Mauern umgebene Stadt zu erkunden. Sie zogen erst am nächsten Tag weiter.

Innerhalb der Stadtmauer auf dem Basar herrschte reger Betrieb. Jesus bemerkte sofort, dass hier auf dem Markt von Samarkand das Herz der Stadt pulsierte. Unter aufgespannten Planen schützten Händler sich und angepriesene Ware vor der sengenden Sonne und Gluthitze.

Der Rauch und der Geruch von Gebratenem vermischten sich mit dem Hämmern der Schmiede ebenso wie das nie endende Stimmengewirr. Jeder der Händler behauptete, einer lauter schreiend als der andere, seine Ware wäre wohl von bester Qualität und ebenso am preiswertesten. Vor ihnen ausgebreitet lagen Kümmel, hellgrauer

Pfeffer, hellgrün leuchtende gemahlene Bambus-Blätter, daneben Zimt, Koriander und süß duftende, frische getrocknete Rosinen. Diese intensive Duftmischung bringt einfach jeden Geruchssinn zum Jubilieren, dachte Jesus.

Auf der gegenüberliegenden Seite verkauften vermummte Frauen riesige Fladenbrote. Jesus fielen fast die Augen aus den Höhlen, als er sie erblickte. Die großen, tellerrunden Fladenbrote glichen Ufos. Der Stand daneben war übersät mit Kartoffeln, Reis, Erdnüssen und getrockneten Apfelringen. Jesus erstand eine Melone, die die Größe eines Pferdekopfes besaß.

Aber nicht nur Lebensmittel wurden angeboten. Vom kunstvoll gewebten, sündhaft teuren Seidenteppich bis zum Vollblüter wurde auf dem riesigen Marktplatz einfach mit allem gehandelt, was das Herz begehrt. Sogar die Kulturen wurden hier auf dem Basar ausgetauscht und vermischt, es war ein Treffpunkt der östlichen und westlichen Welt. Hier traf man sich nicht nur, um Ware auszutauschen, dies war auch ein wichtiger Ort, an dem die Neuigkeiten von fernen, fremden Ländern weitergegeben wurden.

Ziemlich am Ende des Basars, an der Straße, die zum mächtigen Palast führte, stand ein hagerer, uralter Mann, der ebenfalls seine Ware schreiend anpries.

„Kommt und kauft bei einem armen Mann, der euch viel für wenig Geld anbieten kann", lockte der Händler mit zuckersüßer, klebriger Stimme, in der jedes noch so geschickte Insekt hängen blieb.

„Was hast du anzubieten?", fragte ihn Jesus neugierig.

„Schnallen, Armbänder, Perlen, Trinkbecher ... äähhm ...", dann mitten im Satz stockte der einfach gekleidete, uralte Händler. Er war total aus dem Redefluss geraten. Erschrocken, wie von einer Königskobra bedroht, stand er regungslos da und seine sehr lebendigen, schwarzen Augen starrten Jesus verdutzt an. Blitzschnell überspielte der Alte seinen Schreck.

„... doch, Herr, für Euch habe ich was ganz Besonderes. Ich spüre, nein, ich weiß mit Sicherheit, dass dies hier für Euch bestimmt ist", sagte er und hielt eine Pergamentrolle in seiner Hand, die er inzwischen aus einem Wagen unter allem möglichen Krimskrams hervorgeholt hatte.

„Wie ist dein Name?"

„Jesus. Warum willst du meinen Namen wissen?"

„Die übergab mir vor sehr langer Zeit ein Priester aus Indien. Sein Name war ähmm ..., lautete so ähnlich wie ... Gana ... Sha... ja, Gana Shunkar, mit der Bitte, sie dir zu geben. Ich bekam von dem Pilger reichlich Geld dafür. Du musst wissen, sehr oft war ich versucht, die Schriftrolle, die ich nicht lesen kann, zu verkaufen." Er hob sie demonstrativ in die Höhe. „Doch mein schlechtes Gewissen ließ es einfach nicht zu. Nein, das ist nicht ganz wahr", berichtigte er sich selbst, hielt kurz inne, als wolle er die Spannung steigern, fuhr dann fort.

„Denn immer, wenn ich in Versuchung kam, sie zu Geld zu machen, überkam mich ein Schüttelfrost und der Schweiß lief mir in Strömen über den ganzen Körper. Und mir wurde ein für allemal klar, dass hier höhere Mächte am Werk sind."

„Aber woher willst du wissen, dass diese Rolle für mich bestimmt ist?", fragte Jesus verdutzt.

„Äähhhmm … ich weiß nicht, mein Herr, aber als ich Euch sah, da hatte ich plötzlich so eine seltsame Stimme in meinem Kopf, die sagte *„das ist er"*. Und gleichzeitig spürte ich so ein Stechen in meiner Brust und sie zog sich schlagartig zusammen. Mir blieb das Wort im Hals stecken, was mir bis zum heutigen Tage noch nie passierte. Ja, und dann stimmt auch der Name Jesus, den mir der Pilger genannt hatte."

Jesus nahm überrascht die Rolle in die Hand, rollte sie sehr vorsichtig auf, konnte aber die geheimnisvollen Schriftzeichen nicht lesen noch deuten.

„Danke dir. Was bekommst du von mir dafür?", fragte Jesus zögerlich.

„Nichts, ich bin froh, dass ich sie endlich los bin", sagte der Händler, und Jesus konnte sehen, wie er sichtlich entspannt war.

„Nochmals vielen Dank", verabschiedete sich Jesus und lief unvermittelt, aber auch ein wenig neugierig zum Lagerplatz der Karawane zurück. Dort suchte er den griechischen Händler auf. Abends am Feuer hatte er sich schon des Öfteren mit ihm intensiv über alte Kulturen, fremde Länder und Sitten unterhalten. Er wusste, dass dieser verschiedene Sprachen und Schriften beherrschte, ein gelehrter Händler war und ebenso ein sehr gutes Gespür für geheimnisvolle, alte Gegenstände besaß.

„Ich habe diese Schriftrolle von einem indischen Händler bekommen, der behauptet, er habe sie schon sehr lange für mich aufbewahrt. Leider kann ich sie nicht entziffern", erklärte Jesus aufgeregt dem Griechen.

„Hhm, ich glaube, sie ist in Sanskrit ... ja, es ist Sanskrit", sagte dieser, und seine in Falten gelegte Stirn zeugte von intensiver Anstrengung und Überlegung.

„Komm in einer Stunde wieder und ich kann dir sagen, was auf dieser Rolle steht", gab er Jesus als Erklärung. Seine Neugierde war erwacht, sein Forscherdrang geweckt und er machte sich sofort daran, die auf dem Pergament stehenden Schriftzeichen zu übersetzen.

Langsam sank die Dämmerung und die Sterne funkelten hell am violetten Sternenhimmel, dessen Ränder über den schwarzen Berghängen noch einmal purpurn aufglühten und augenblicklich erloschen, als der griechische Händler mit selbstzufriedenem Gesicht am bereits brennenden Feuer auftauchte.

„Wie ich dir gesagt habe", berichtete er voller Stolz, „wurde die Nachricht in Sanskrit niedergeschrieben. Ich habe frei übersetzen müssen, da ich meine Wörterbücher nicht mitführe. Es kann schon sein, dass nicht jedes Wort hundertprozentig dem Originaltext entspricht, doch der Inhalt des Schreibens wird dadurch nicht verfälscht", bekundete er mit voller Stimme, in der Stolz mitschwang.

Dann las er Jesus den übersetzten Text laut vor:

Mein Name lautet Gana Shunkar,
wenn du dies liest, dann weiß ich, dass es in die rechten Hände gelangt und seiner Erfüllung zugeführt wurde.
Vor langer Zeit hat sich Folgendes abgespielt: Kurz nach meinem sechsten Geburtstag wurde ich von meinen Eltern zur Priesterausbildung an die Schule Shiva-Dawa gesandt. Gleich in der ersten Nacht suchte mich in dieser Schule eine Vision heim. Diese ängstigte mich sehr, ich konnte das Geschehene einfach nicht einordnen. Und in meiner Not vertraute ich dann nach vielen unerträglichen Tagen und schlaflosen Nächten mein Geheimnis schlussendlich dem Lehrer an.
Dieser bat mich, den Auftrag, den ich durch die Vision erhalten hatte, schriftlich festzuhalten.
In der Vision wurde mir Folgendes mitgeteilt:
Ein junger Mann, ein Hebräer, der auf den Namen Jesus hört, kommt mit einer Karawane nach Samarkand. Und ihm soll ich mitteilen, dass es seine Bestimmung ist, das Kloster Shiva-Dawa in Indien aufzusuchen und sich beim hohen Priester zu melden.
Der Brief endet mit der Wegbeschreibung und allen notwendigen Angaben zum Tempel.

„Kannst du damit was anfangen? Hört sich wie eine göttliche Fügung an", fragte der Grieche Jesus neugierig. „Vielleicht ist es ja auch nur ein übler Scherz", setzte er mit einem erhellten Grinsen nach.

„Im Moment nicht, es kommt alles ein wenig überraschend, doch vielen Dank. Was bekommen Sie für Ihre Bemühungen?"

„Dieser Schriftrolle ihr Geheimnis zu entlocken, ist schon Lohn genug. Ich danke dir für dein Vertrauen, Jesus", erwiderte er und fragte:

„Was wirst du jetzt unternehmen?"

„Ich werde erst einmal darüber schlafen, bevor ich eine Entscheidung treffe", war die prompte Antwort, und dabei schaute Jesus nachdenklich ins Feuer. Die Flammen flackerten und züngelten. Und manchmal zischten sie sogar, wenn ein Käfer oder Schmetterling blind vom Licht angezogen sich in die Glut stürzte.

Gleich einer Mauer umgab ihn die Dunkelheit, trotz hell brennendem Feuer.

Kapitel 2

Die Hindu-Mönche

Am nächsten Tag folgte ihre Route dem Oberlauf des Syrarya.

In Kashgar angekommen, da wo sich die Taklamakan-Wüstenumgehungen vereinen, verließ Jesus die Karawane. Bislang hatte die Karawane unglaubliches Glück gehabt, nicht von Wegelagerern oder Dieben überfallen worden zu sein. Wahrscheinlich gaben die Wächter, die schwerbewaffneten Reiter, die sie begleiteten, den Ausschlag dafür, schreckten sie ab.

Jesus hatte längst seine Entscheidung getroffen. Er wusste, er musste, ob er wollte oder nicht, dieser Vorhersehung folgen.

Die Karawane nahm nun die nördliche Route entlang der Wüste Richtung Reich der Mitte. Jesus jedoch schloss sich hier Murdi, Sanjay und Gopad an. Die drei, die er zufällig in Kashgar kennengelernt hatte, waren Hindu-Mönche auf dem Weg nach Indien.

Sadhu, was so viel wie Heiliger Mann bedeutet, werden die Mönche auch genannt. Die drei Sadhus hatten sich der Wanderschaft verschrieben, waren also Wandermönche und auf die Gaben anderer Leute angewiesen. Normalerweise reisen die Bettelmönche durch Indien, und dies nur außerhalb der Regenzeit. Doch ihr Guru hatte ihnen eine schwierige Aufgabe auferlegt; sie mussten durch fremde Länder ziehen, um da Erfahrungen für ihr enthaltsames, spirituelles Leben zu sammeln. Sie waren nun, nach vier Jahren Wanderung, auf dem Rückweg nach Indien.

Murdi, der Jüngste von ihnen, trug wie Sanjay und Gopad ebenfalls seine langen, schwarzen Haare zu einem Knoten auf dem Hinterkopf zusammengebunden. Die drei wuschen ihre Haare ganz selten, rieben sie aber öfters mit Olivenöl ein, was ihnen im Sonnenlicht einen bläulichen Schimmer verlieh. Wie sich im Laufe der Tour herausstellte, war der spindeldürre Murdi, dessen Arme so lang waren, dass seine Fingerspitzen bis zu den Knien reichten, wider Erwarten der Mutigste und Ausdauerndste von ihnen. Jammern war für ihn ein Fremdwort und sein jungenhaftes, freches Grinsen erlosch ganz selten.

Der sehr dunkelhäutige Gopad, der Murdi und Sanjay fast um einen Kopf überragte, strahlte eine Energie aus, die durch seine fast schwarzen Augen und dicken Augenbrauen untermalt wurde. Seine zierliche Nase verlor sich fast im breiten Gesicht.

Bei Sanjay, dessen linke Gesichtshälfte eine kreuzförmige Narbe überzog, stellte sich heraus, dass er der Intelligenteste von den dreien war, obwohl er manchmal verwirrt dreinschaute, als könne er nicht auf drei zählen. Und immer wenn er nervös war, strich er mehrmals hintereinander über seinen Bart.

Kapitel 3

Die Überquerung

Für Jesus und seine Mitstreiter stand nun der schwierigste Teil der Route bevor. Die steilen, schmalen Saumpfade durch den unwegsamen Pamirgebirgszug führten durch tiefe Schluchten, über vereiste Gletscher, die nur in Sommermonaten begehbar sind. Verluste an Mensch und Tier sind hier besonders hoch, hatte er in Kashgar immer wieder gehört.

Als sie aufbrachen, leuchteten die schneebedeckten Siebentausender in der späten Nachmittagssonne von braun bis lila, von grün bis schwarz und die farbenfrohe Bergkette, nebst den surrealen Wüsten, sah irgendwie unecht aus, dachte Jesus nachdenklich. Doch dieser Gedanke verlor sich sehr schnell, der Anstieg raubte ihm den Atem, ließ sein Herz auf Hochtouren arbeiten. Sie kletterten über einen mörderischen Pfad hinauf und riskierten mit jedem Schritt, in die Tiefe zu stürzen.

Jesus und die drei Mönche hatten sich nicht wie üblicherweise mit Mauleseln oder Maultieren auf den Weg gemacht. Die sehr genügsamen Maulesel – eine Kreuzung aus Pferdehengst und Eselstute – oder Maultiere – eine Kreuzung aus Eselhengst und Pferdestute – sind wegen ihrer ausgeprägten Trittsicherheit, Duldsamkeit und

Furchtlosigkeit für diese Touren durch die hohen Gebirgslagen vorzüglich geeignet. Der Grund war einfach das fehlende Kapital, um solche Tier zu erstehen, und so mussten die vier ihr Gepäck auf dem Rücken schleppen.

Sie kamen an blau leuchtenden Gletscherseen vorbei, aus denen sich oft reißende Gebirgsbäche befreiten mit ihrem weiß schäumenden Wasser, das in Jahrtausenden tiefe Täler ins Gestein gefressen hatte.

Doch die halsbrecherischen Pässe belohnten die vier auch immer wieder mit atemberaubenden Blicken auf die schneebedeckten Gipfel von Karakom, Hindukusch und Pamir.

Nicht nur einmal waren sie kurz vor dem Aufgeben. Wenn sie sich keuchend, mit bleischweren, schmerzenden Gliedern ausgelaugt dumpf auf den Boden fallen ließen und ihnen der Speichel über die ausgetrockneten, aufgeplatzten Lippen rann. In solchen Situationen bewirkte oft schon ein Schluck frisches Quellwasser wahre Wunder.

Die Kälte, Einsamkeit und Anstrengung und das schwere Gepäck, das auf dem Rücken scheuerte, raubte ihnen sämtliche Energie. Doch gemeinsam motivierten sie sich im Bitt-Gebet und folgten nach kleinen Pausen immer wieder der einsamen Route, das Ziel vor Augen.

Wäre nicht die unmenschliche Anstrengung gewesen, hätten sie die märchenhaften und abwechslungsreichen Kulissen sicherlich wie süße Schokolade genießen können.

Schneeleopard

Die kleine Gruppe überquerte eine Hochebene, die sich mit ihrer spärlichen Vegetation immer mehr zur Mondlandschaft wandelte. Die apokalyptische Nacktheit der Erde wurde durch große Gesteinsbrocken, die wie eingeschlagene Asteroiden verstreut auf der hügeligen Fläche lagen, hervorgehoben, als plötzlich Murdi die Hand vor den Mund hielt, den anderen Zeichen zur Ruhe und Vorsicht gebot.

Und da stand eines dieser sagenumwobenen und angstverbreitenden Tiere.

Ein Schneeleopard mit seinem schwarz gesprenkelten Fell, das im Sonnenlicht hellgrau leuchtete. Dieser mächtige Kerl maß knapp zwei Meter Länge.

Er stand unbeweglich, wie hypnotisiert, den kleinen Kopf mit der kurzen Schnauze auf seine Beute gerichtet, durch einen Felsblock gedeckt, da. Jeden Muskel angespannt.

Der Wind stand gut und trug seinen Geruch von der Beute weg, ihm entgegen.

Der Leopard spürte, wie seine Beine vor Kraft zitterten, und er erinnerte sich daran, dass er scharfe Krallen hatte. Die Reißzähne juckten ihn, wie es einen jungen Hund juckt. Dann begann der muskulöse Körper, unruhig zu werden. Und in dem Augenblick, als ihn seine Beute gewahr wurde, sprintete er ohne Vorwarnung los und drückte sich mit den großen Pranken, die wie Schneeschuhe anmuteten, ab und sprang das Schaf von der Seite an, biss ihm in den Hals. Den zielgenauen Sprung steuerte er mit dem langen Schwanz als Steuerruder. Der Schneeleopard hatte sich so stark im Schaf verbissen, dass dem Schaf das ganze Schütteln und Drehen nichts nutzte. Der Unterkiefer des Schneeleopards ließ nicht los.

Der Größenunterschied war enorm. Das Argali-Schaf mit riesigen, eineinhalb Meter langen Hörnern, die sich spiralförmig drehten und am Ansatz gut einen halben Meter dick waren, erinnerte durch seine Ausmaße eher an ein Kalb.

Doch das nutze ihm wenig. Der Kampf ums Überleben dauerte nur eine kurze Zeit und der Schneeleopard ging als Sieger hervor. Ein letztes Zucken verkündete ein ausgehauchtes Leben. Der Tod starrte aus seinen Augen.

Und schon saß er wie eine Hauskatze vor dem geschlagenen Tier. Er leckte etwas Süßes, das besser als reines Quellwasser schmeckte, es lief dem Schaf aus der Kehle und war für ihn besser als jeglicher Trunk. Dann begann er Fleischfetzen aus dem Schaf zu reißen, zerkaute sie und gierig raffte er das warme Fleisch in sich hinein, fraß es mit einem geistesabwesenden Blick. Der Ausdruck in seinen Augen erzählte von Wohlbehagen. Dabei blickte er jedoch immer wieder kurz achtsam mit erhobenen Ohren umher, sondierte die Lage nach Gefahren.

Sanjay, Murdi, Gopad und Jesus atmeten kaum vor lauter Aufregung. Dafür schlug ihr Herz bis zum Hals, als sie den seltenen Kampf ums Überleben, geduckt und durch einen Felsblock gedeckt, voller Ehrfurcht, aber auch ein wenig ängstlich beobachteten.

Plötzlich drehte der Wind. Doch niemand von ihnen bemerkte dies, alle waren zu angespannt, wie weggetreten vom seltenen Naturschauspiel gefangen.

Der Schneeleopard wurde von einer Sekunde zur anderen unruhig, schaute immer wieder auf.

Urplötzlich sprang er auf, drehte sich um und lief langsam geduckt und angespannt, jeden Sinn geschärft, direkt auf das Versteck der vier Beobachter zu.

Die drei Sadhus wollten weglaufen, sich in Sicherheit bringen, aber wohin? Weit und breit bot sich keine Gelegenheit in dieser freien Hochebene. Sie waren dem Schneeleoparden auf Gedeih und Verderb schutzlos ausgeliefert, hatten das Gefühl, ihre letzte Stunde hat geschlagen.

Dann urplötzlich trat Jesus ruhig und still, ja, fast andächtig aus dem Versteck hinter dem Felsblock hervor. Mit angehobenem Arm, gestreckter, nach oben gerichteter Hand lief er geradewegs auf das Raubtier zu. Dabei vermied er, dem Tier in seine von der Sonne gelb leuchtenden Augen zu blicken. Er schaute zur Seite auf den Boden neben die Raubkatze, vermied den direkten Blickkontakt.

Dies geschah im selben Augenblick, als der Schneeleopard zum Sprung ansetzte.

Das Unglaubliche geschah!

Die Raubkatze entspannte sich augenblicklich, schnurrte kurz wie eine Hauskatze und leckte mit ihrer großen, feuchten Zunge und der noch blutigen Schnauze kurz an seiner Hand. Die Aggressivität des Tiers löste sich auf, wandelte sich in Vertrauen.

Es fiel kein Wort und die angespannte Stille durchdrang Raum und Zeit. Dann, als wäre dieser Vorfall nicht geschehen, wandte sich das Tier um und kehrte seelenruhig zur geschlagenen Beute zurück.

Verbiss sich in ihr und schleppte sie mit großer Kraftanstrengung weg, außer Blickweite der verdutzt dreinschauenden Gruppe.

Der Schreck saß noch tief, war ihnen durch Mark und Bein gefahren.

Die drei Mönche waren sprachlos, wussten das Geschehnis nicht einzuordnen.

Sie liefen in sich gekehrt hinter Jesus her und brauchten eine gefühlte Ewigkeit, sich wieder zu fassen. Jesus spürte, wie sich jeder Einzelne von ihnen irgendwie hilflos, man könnte sagen entwurzelt in diesem Augenblick fühlte.

„Ja, da hat uns Gott wieder einmal seine Hilfe zur rechten Zeit gesandt", unterbrach er die stoische Stille, riss sie aus der Lethargie.

Und nun war der Damm gebrochen und ihre Fragen plätscherten wie ein wilder Wasserfall auf ihn nieder. Jeder von den drei überbot den anderen mit Fragen und dann mit ebenso vielen Mutmaßungen. Sie liefen aber alle auf dasselbe hinaus.

Es muss ein Werk der Berg-Götter gewesen sein und Jesus ihre ausführende Hand. Und sie dankten den Göttern, richteten ihren Blick auf die im Hellen weiß leuchtende, schneebedeckte Pamirspitze, den sie als Sitz Gottes ansahen und verehrten.

Ja, und dieser majestätisch anmutende Berg, dessen Krone zur zweithöchsten Bergkette der Welt gehört, ließ in diesem Augenblick keinen Zweifel daran aufkommen, nicht den geringsten.

Nach kurzem Marsch trafen sie auf Rundjurten, die am Ufer eines großen Sees aufgeschlagen waren. Yakherden grasten gemächlich nicht weit von diesem Nomadenlager entfernt und boten ein idyllisches, beruhigendes Bild nach dem Erlebten.

Hin und wieder hob eines der grasenden Tiere den Kopf, schaute die Neuankömmlinge für einen kurzen Augenblick mit ihren großen, gutmütigen Augen an, senkte jedoch gleich wieder den Kopf und fraß unbeeindruckt weiter.

Das Edelsteinglitzern des Sees tat Jesus' Augen weh und er war wie ein eingeölter Ringkämpfer in der Arena glitschig nass von Schweiß. Ja, auch er war nervlich mehr angespannt gewesen, als es den Anschein gehabt hatte, und er wusste, sie waren mit viel Glück und Gottes Hilfe der unmittelbaren Gefahr entronnen. Dem Tod von der Schippe gesprungen.

Kinder liefen der Gruppe entgegen, hielten jedoch aus Angst vor den Fremden einen Sicherheitsabstand.

Ihre runden Gesichter mit der braunen Haut, den roten Wangen und den schwarzen Knopfaugen schauten neugierig. Aber auch ein wenig erwartungsvoll, waren Fremde nicht gewohnt, hier in diese verlassene Gegend verirrte sich äußerst selten jemand.

Dann tauchten aber auch schon ein paar Männer auf. Ihre ebenfalls vollmondrunden Gesichter mit der von Wind und Sonne gegerbten Haut zeugten von einem harten Überlebenskampf. Die pechschwarzen, nach hinten zum Zopf zusammengebundenen Haare ließen sie verwegen und draufgängerisch aussehen. Doch ihr stetes, kaum merkbares Grinsen signalisierte Gutmütigkeit.

Die Nacht der Erkenntnis

Das warme Feuer in der Rundjurte verbreitete am Abend eine wohlige Wärme. Es ließ die bunten Farben der groben, handgeknüpften Teppiche, mit denen die Jurten ausgeschlagen waren, im flackernden Licht hell leuchten. Um diese Jahreszeit waren die Zelte nicht, wie im Winter, mit Filz zur Abdichtung ausgeschlagen.

Das Fladenbrot und der scharf gewürzte Yakfleischeintopf brachte neue Energie in die ausgelaugten Körper der vier zurück. Schnell waren die Strapazen, die wund gelaufenen Füße, die oft so stark schmerzten, dass das Einzige, was sie noch wahrnahmen, die rotbraune Farbe des Saumpfades vor ihnen war, vergessen. Und alles, was über den nächsten Moment hinausging, schien in solchen Momenten keine Bedeutung mehr zu haben. Dies alles wurde wie durch ein Wunder weggewischt. Einfach sensationell, was so ein voller Magen und eine rege Unterhaltung mit den Nomaden bewirken kann, sinnierte Jesus.

Sanjay, Murdi und Gopad schnarchten zufrieden mit vollgeschlagenem Bauch auf dem Rücken liegend so laut, dass Jesus kurz nach Mitternacht nicht mehr schlafen konnte.

Lautlos öffnete er den Eingang und die klamme Kälte schlug ihm sofort entgegen, ließ seinen Atem dampfen. Am nahen See setzte er sich auf einen kalten Stein unter dem blau funkelnden Himmelszelt und genoss die Stille der Nacht.

Die Sternenbilder des Himmels legten lautlos ihren allnächtlichen Weg über der Erde zurück. Nur das monotone Rauschen eines Gebirgsbaches, ein leises, beruhigendes Flüstern der Natur, war in weiter Ferne zu hören. Es war windstill. In kurzen, gleichmäßigen Abständen strich kalte Luft Richtung Norden. Dann kamen wieder diese seltsam stillen Minuten.

Jesus blickte zum höchsten Punkt des Himmels hinauf, wo die Milchstraße sich wie ein heller Rauchdunst hinzog.

Ein Plätschern im See schreckte ihn auf und er blickte suchend über die Wasseroberfläche, die vom hellen Silberlicht des Mondes magisch übergossen ein wenig Helligkeit in die dunkle Nacht verstrahlte.

Da war aber nichts!

Jesus kämpfte gegen seine Müdigkeit an, fühlte sich von den Strapazen der vergangenen Tage ausgehöhlt und schal.

Übergangslos aus diesem ruhigen Moment heraus überfiel ihn diese innere Ahnung, mit einer heftigen Unruhe, dass etwas Ungewisses jetzt, genau in diesem Augenblick geschehen würde. Wie ein Damoklesschwert schwebte dies Ungewisse über ihm und ohne zu wissen, was dies war, sträubte er sich heftig dagegen.

Dann plötzlich ergab er sich dem negativen Gefühl und wusste: Jetzt würde er etwas bitter Schmerzliches in einsamster Erfahrung durchmachen.

Und dann überkamen ihn diese bösen Geister, nahmen ihn voll und ganz in Besitz.

Die übermächtige Angst durchfloss ihn wie elektrischer Strom, drohte ihn zu paralysieren.

Jesus durchlebte Tausende von Toden, befand sich im physischen, emotionalen und spirituellen Kampf. Und sein Geist war sich sicher, ganz sicher, er musste in dieser einsamen Gegend alleine durch dies Tal der Tränen, konnte auf keinen menschlichen Beistand hoffen.

Die Angst, gepaart mit Verzweiflung, kroch immer mehr in ihm hoch, breitete sich aus, er wusste nicht, wie er diese Nacht durchstehen sollte.

In ganz kurzen Abständen durchzogen ihn immer wieder diese entsetzlichen Schmerzen, es fühlte sich an, wie bei lebendigem Leib verbrannt zu werden.

Kaum eine Erholungspause lag dazwischen und er sank immer wieder in eine Schwärze ohne Orientierung. Das Ganze wurde noch durch die Angst, die Psyche, wie wenn man Öl in Feuer schüttet, verstärkt, machte seinen Brustkorb so eng, dass er kaum atmen konnte. Seine Augen waren inzwischen blutunterlaufen vom Druck der Angst, dem seelischen Schmerz, vor der Angst, mutterseelenallein zu sterben.

Panik erfasste ihn.

„Mutter, steh mir bei", flehte er. Sehnte sich nach dem Beistand seiner Mutter Maria. Doch sobald er diesen Satz ausgesprochen hatte, hörte er eine laute und tiefe Stimme antworten:

„Jesus, diese Bitte soll dir nicht gewährt werden!"

Nach unendlich langem Ringen und unsagbaren seelischen und körperlichen Schmerzen wiederholte er seine Bitte.

„Jesus, diese Bitte soll dir nicht gewährt werden", war dieselbe unumstößliche Antwort.

Er wünschte sich in diesem Augenblick, er wäre weit weg von hier, verlor das unbändige Urvertrauen zu sich selbst und stürzte sich dadurch noch mehr in den brennenden Höllenschlund.

Dann, nach einer gefühlten Ewigkeit in der Hölle, in der die züngelnden Flammen ohne Unterlass an ihm nagten und immer mehr Schmerzen hervorriefen, entschied sich Jesus kläglich um göttlichen Beistand.

Doch auch diese Bitte wurde ihm versagt.

In diesem von Schmerz überdeckten Todeskampf, in dieser undurchdringlichen Dunkelheit dämmerte es Jesus, doch dies war ein anderer Teil von ihm.

Er musste sein verborgenes inneres Wissen freigeben; das daraufhin prompt antwortete:

*Jesus, der Glaube an dich selbst ist der Schlüssel,
diese Todesqualen zu ertragen.*

So wurde er schmerzlich belehrt:
Loslassen, zulassen.
Seinen Kampf, seine Angst, seinen Widerstand gegen sich selbst aufgeben, seinen Widerstand in eine positive Haltung umwandeln.

In Liebe.

Und im selben Augenblick, als er seine Haltung änderte, geschah das Unglaubliche.
Der Bann war auf einmal gelöst, auf einen Schlag, wie wenn eine Seifenblase zerplatzt.
In seinem Sonnengeflecht fühlte er zuerst ein warmes pulsierendes Kribbeln. Dann Schwingungen, die sich langsam im ganzen Körper ausbreiteten. Das Pulsieren wurde immer stärker, breitete sich um ihn herum aus.

Der Stein, auf dem er saß, schwang, die Wasseroberfläche des Sees, das in der morgendlichen Dämmerung dunkle Bergmassiv, der verblassende Sternenhimmel, einfach alles pulsierte und schwang mit.
Es gab ihm das Gefühl, dass die Welt durch alles, alles, was vorhanden ist, wie mit einem unsichtbaren Netz miteinander verbunden schien.

Die Quelle mit dem Bach, die Bäche mit den Flüssen, die Flüsse mit den Ozeanen.

Das ganze Universum war für ihn zu einem Schwingungsmuster mutiert, mit dem er sich fest verwoben und geerdet spürte.

Urplötzlich erschien eine farbenprächtige Lotusblüte auf der Wasseroberfläche des Sees.

Sie öffnete sich.

Ergoss helles Licht, heller als die gleißenden Strahlen der Mittagssonne.

Doch es blendete ihn nicht.

Das helle, warme Licht zog Jesus an, in sich hinein, saugte ihn förmlich auf.

Und dann geschah es:

Das Gefühl der *bedingungslosen Liebe* durchdrang sein ganzes Wesen, verschmolz mit ihm. Das göttliche Licht wurde eins mit Jesus.

Im selben Augenblick, als er mit dem Lichtquell eins wurde, setzten die Schwingungen aus. Eine tiefe Ruhe von *Einssein* überkam ihn und er schlief mit einem gelösten Lächeln auf dem Gesicht ein.

„Hallo, Jesus, aufwachen! Wie kann man nur so tief schlafen?", säuselte Murdi, der sich neben ihn gesetzt hatte, und rüttelte vorsichtig an seiner Schulter.

„Das Frühstück wartet auf dich, wir müssen bald weiterziehen", setzte er mit einem Grinsen hinzu, stand auf und lief zurück zur Jurte.

Die Morgensonne blendete Jesus, doch dann bemerkte er unmittelbar ein tragendes und pulsierendes Gefühl in sich. Sein Gang fühlte sich eher an wie ein Schweben und alles um ihn herum, die Steine, das Licht, die Yaks, das Gras, einfach alles schien ein Teil von ihm geworden zu sein.

Sein kosmisches Bewusstsein hatte sich verändert.

Alles war er und er war alles. Er war in diesem Augenblick Liebe und diese Liebe ist stärker als der größte Schmerz.

Jesus war von nun an bewusst:

An Gott zu glauben heißt, an sich selbst zu glauben, Gott ist in uns.

Und wir müssen uns davon verabschieden, zu denken, Gott ist für alles verantwortlich.

Der göttliche Auftrag

Die Tage verstrichen nicht in Einförmigkeit. Nein, jeder Tag brachte etwas Neues, irgendwelche Hindernisse oder Probleme mit sich. Mal war es sehr schwer bis unmöglich, einen geschützten Lagerplatz für die Nacht zu finden, ein anderes Mal Holz für das wärmende Feuer aufzutreiben, um die klamme Kälte loszuwerden.
Geröll wechselte mit hartem, kurzem Gras, um dann wieder durch nackten Fels ersetzt zu werden.
Ganz selten trafen sie auf Menschen, auf Nomaden in Rundjurten, die ihr Sommerlager mit dem Vieh auf den Hochweiden wie schon seit vielen Generationen vor ihnen verbrachten.

Wenn das Tagespensum erbracht war, das Feuer in der aufkommenden Dunkelheit brannte und seine Wärme verstrahlte, Jesus vor lauter Erschöpfung nicht sofort einschlief, lag er oft auf dem Rücken, bewunderte den kurzen Übergang vom leuchtenden Abendrot zur Dunkelheit. Und beobachtete erfreut, wie jeden Abend neue Sterne am Nachthimmel geboren wurden.
Hier ist es nie beängstigend finster. Nein, im Gegenteil. Es ist alles so friedlich und ruhig, sinnierte Jesus. Er hatte öfters gehört, dass in entlegenen Regionen, weit weg von großen Städten, ein beklemmend grausames, hartes Leben herrscht. Doch davon war hier nichts zu

spüren. Ans Schlafen auf nacktem Boden, jenseits jeglicher Zivilisation, sowie an die kalten Nächte hatte er sich langsam gewöhnt. Ja, auch wenn er am frühen Morgen vor Kälte oft schlotterte und seine stocksteifen Knochen erst wachrütteln musste.

Dieses Leben in und mit der freien Natur hat etwas Erdverbundenes. Ihm wurde immer mehr bewusst, die Natur schreibt ihre eigenen Gesetze, man muss nur mit ihrem Rhythmus zu leben verstehen.

An einem jener Abende funkelten die Sterne besonders hell und Jesus dachte über sein Leben und seine Aufgabe nach:

Als kleiner Junge verweilte Jesus gerne am Ufer des Kishon.

Im Sand sitzend und gedankenverloren auf die spiegelnde Wasseroberfläche zu blicken, sich darin zu verlieren, hatte etwas Meditatives für ihn. Es räumte seinen Kopf frei, er konnte den ganzen unnötigen Ballast im reißenden Strom des Kishon einfach davonschwimmen lassen. Dies gab ihm ein inneres Gefühl der Zufriedenheit, nahe bei Gott, mit der Natur verbunden zu sein.

An jenem Abend fiel ihm die Klarheit der Luft und das helle Grün der Landschaft besonders auf. Die fernen Hügel verschwammen nicht wie sonst mit dem Himmel. Sie hoben sich wie dunkle, mächtige Felsen von ihm ab, wirkten so nah, dass er meinte, sie berühren zu können.

Jesus wunderte sich darüber, war sogar ein wenig erschreckt. Irgendwie kam in ihm etwas Seltsames, Ungewohntes auf.

Geruch, Gehör, die Sicht. Alle Sinne waren angespannt.

Und dann brach es unerwartet und heftig über ihn herein.

Er hatte das Gefühl, den Boden unter den Füßen zu verlieren, sein Magen zog sich schlagartig zusammen, als er auf die Wasseroberfläche des Kishon blickte.

Das sonst unruhige, immer kräuselnde, wellige Wasser wurde ruhig und klar wie ein Spiegel an der Wand.

Kein Lüftchen wehte mehr, kein Vogel sang.

Totenstille herrschte.

Alles war standbildartig eingefroren.

In seinen Augen stand das nackte Entsetzen und namenlose Angst erfasste ihn schlagartig.

Jesus war nicht mehr in der Lage, sich zu bewegen, konnte nur noch wahrnehmen. Sein Blick wurde von der spiegelklaren Wasseroberfläche magisch, wie paralysiert, angezogen, auch wenn er sich noch so anstrengte, den Blick abzuwenden, es gelang ihm einfach nicht.

Zuallererst blitzte ein feuerballartiges Spiegelbild auf dem ruhigen Wasser, ähnlich der hellen, durchdringenden Mittagssonne, auf.

Es blendete Jesus so stark, dass er die Augen zukneifen, zu kleinen Schlitzen verengen musste, um überhaupt hinschauen zu können. Dieser Feuerball erhob sich langsam und geräuschlos aus dem Wasser, schwebte scheinbar schwerelos, war immer in sich selbst, wie Photonen, die um das Atom kreisen, ständig in sich in Bewegung und von leichtem Wasserdampf umgeben.

Auch er fühlte sich auf einmal schwerelos, leicht wie unter Drogeneinfluss und doch präsent mit all seinen Sinnen.

Wach und klar wie nie zuvor!

„Jesus, ich sage dir, wenn du das Kindesalter überschritten hast, bereit bist für einen großen, sehr großen Schritt, ziehe hinaus in die Welt.

Erkunde ferne Länder, studiere verschiedene Religionen, Sitten und Gebräuche mit all ihren Facetten.

Lasse nichts aus. Gar nichts!

Gebe dich auch der Versuchung hin!

Erkunde nicht nur die sinnliche, geistige Welt und du wirst Erleuchtung erlangen.

Dann kehre mit all dem Wissen zurück und befreie dein Volk aus der eigenen Gefangenschaft.

Befreie sie von sich selbst.

Verkünde die Formel für den Frieden im Herzen, für zufriedenes Zusammenleben", sagte eine tiefe Stimme, die wie geschmolzene Schokolade klang, warm und weich und süß.

Ein Klang, der jedes Herz öffnet.

„Warum ich?", fragte der kleine, verstörte Junge intuitiv.

„Weil du der Richtige bist und ohne dich alle verloren sind, sich auf den falschen Weg begeben!"

Dann ohne Übergang war der ganze Spuk vorbei. Nur eine bunte Vogelfeder schwebte wie von einem Spinnfaden gehalten über seinen Kopf durch die Luft.

Jesus pflückte sie rasch aus der Luft.

Der Fluss floss unruhig und stetig wie eh und je, als wäre nichts geschehen. Doch Jesus fühlte sich übel und schwindelig, alles kreiste vor seinen Augen. Er legte sich flach hin, um sich nicht übergeben zu müssen. Wie ein Blitz aus heiterem Himmel hatte ihn das Ganze unvorbereitet getroffen. Geschwächt, müde und ausgelutscht fiel er sogleich in einen tiefen, traumlosen Schlaf.

„Beruhige dich, Jesus, dies war kein Traum", erklärte ihm sein Thora-Lehrer, dem er das Geheimnis zögerlich und nervös anvertraut, bis ins letzte Detail erzählt und nichts, aber auch nichts ausgelassen hatte. Er hatte Angst, als Lügner oder Spinner dazustehen, wollte sich nicht lächerlich machen. Deswegen nahm er erst ein paar Wochen später all seinen Mut zusammen, traute sich aber nur, mit seinem Lehrer über das unfassbare Geschehene zu sprechen.

Als Beweis übergab er ihm die bunt schillernde Vogelfeder.

„Gott hat zu dir gesprochen, mein Junge, und dir einen Auftrag erteilt, den du einlösen musst", setzte der Lehrer seine Erklärungen fort. Doch man konnte in seinem erstaunten Gesicht eine merkwürdige Regung erkennen, die Jesus nicht zu deuten wusste, ihr auch keine Aufmerksamkeit schenkte. Er war mit seinen eigenen Gefühlen und der sonderbaren Geschichte genug gefordert.

Einmal wird ein Mensch da sein, einer ....

Ist dieser Junge etwa der Erlöser, auf den wir so lange schon warten? Er, der uns auf den rechten Weg bringt und das in der Vergangenheit vollbrachte Unrecht auf sich nehmen, diese ungeheure Last tilgen wird und versucht, den Menschen einen neuen Weg aufzuzeigen?, fragte sich der Thora-Lehrer unsicher und mit viel Skepsis. Aber er sprach diese Worte nicht aus.

Nein, sie blieben sein Geheimnis, in seinem Kopf vor jedem Zugriff, wie in einem Tresor, sicher verschlossen. Ihm war klar, dass das Gesetz des Zufalls und der Notwendigkeit auch dieses Mal den notwendigen Prozess in Gang setzen würde.

Wenn Jesus seine Gedanken, die Tragweite des Ganzen erfasst hätte, dann wäre für ihn sehr wahrscheinlich seine Welt zusammengebrochen.

Die Banditen

Todmüde ließen sie sich auf der freien Fläche nieder. Über das fast kahle Hochland brauste ein Wind, der von den hohen, schneebedeckten Gipfeln herabfiel und wie mit scharfen Messern durch das Baumwollgewand Jesus' schnitt. Das kurze Gras änderte immer wieder im selben Rhythmus der Windstöße seine Farbe von blaugrau bis graugrün.

„Bin ich verrückt oder seht ihr es auch?", rief der spindeldürre Murdi und deutete mit dem Finger auf eine mit losen Steinen aufgeschichtete Stelle vor einem steil abfallenden Hügel.
 Murdi war nicht verrückt und die anderen sahen es auch.

„Sieht aus wie ein Unterschlupf für Hirten! Kommt, wir schauen es uns mal näher an. Mit ein wenig Glück bekommen wir frische Milch", mutmaßte er. Sie spürten plötzlich keine Müdigkeit mehr und ihre Beine bewegten sich wie von selbst.

Zwei noch junge, einfach bekleidete Hirten waren gerade dabei, ein Feuer zu entfachen.
 Voller Erstaunen, ein wenig erschreckt und ängstlich schauten sie auf, als die vier am Eingang der einfachen

Behausung auftauchten. Doch als sie in ihnen drei Mönche erkannten, waren sie wie ausgetauscht. Schnell wurden sie zu einem einfachen, aber sehr nahrhaften Mahl eingeladen. Die halbe Nacht über wurde viel geredet, Erlebnisse und Geschichten ausgetauscht und die Gruppe erfuhr, dass sie nur noch einen Dreitagesmarsch bis zum Shiva-Dawa-Tempel vor sich hatten.

Die vier schliefen erst kurz vor Mitternacht in einer himmlischen Glückseligkeit ein.

Am nächsten Morgen, als Jesus und seine drei Begleiter erwachten, waren die zwei Hirten längst bei den Tieren auf einer weit entlegenen Weide.

Hin und wieder konnte man aus der Ferne durch den Wind herbeigetragene Tierlaute vernehmen.

Die vier freuten sich über das frische Fladenbrot und die noch melkwarme Yakmilch, die die Hirten ihnen zum Frühstück bereitgestellt hatten.

Wie jeden Morgen, und dies ausnahmslos, putzte Jesus seine Zähne mit Salbeiblättern, so auch an diesem Morgen nach dem Essen. Die drei Mönche grinsten immer belustigt über sein tägliches Ritual und taten es als Eitelkeit ab.

Jesus entnahm dem kleinen, grauen Stoffbeutel, den er stets mit sich trug, ein Salbeiblatt und zerrieb es mit dem Zeigefinger im Mund. Er massierte damit nicht nur die Zähne, sondern auch das Zahnfleisch. Was ihm einen frischen Atem schenkte und Bakterien beseitigte. Danach entnahm er einem weiteren Säckchen, das mit einer Mischung aus Marmor- und Bimssteinpulver gefüllt war, ein klein wenig, vermischte es mit Speichel auf dem ausgestreckten Zeigefinger und rieb damit sanft über seine Zähne. Nach dieser morgendlichen Prozedur spülte Jesus mit reichlich Wasser den Mund aus. Denn wenn er seinen Mund danach nicht ganz sauber ausspülte, knirschte es unangenehm sandig bei jeder Kieferbewegung.

Als sie nach dem Frühstück aufbrachen, stand die Sonne schon hoch am Himmel.

Der steile Abstieg nagte nicht mehr so sehr an ihrer Kraft, dafür wurde die Aufmerksamkeit umso mehr gefordert. Der Weg, ein schmaler, ausgewaschener Saumpfad, der sich öfters um Felsnasen wand, war an vielen Stellen durch heftige Regengüsse von Schotterlawinen verschüttet. Auch wenn diese engen Passagen um Felswindungen mit überhängenden und tropfenden Wänden frei von Steinlawinen waren, machten sie den Durchgang mehrmals zu einem lebensgefährlichen Unterfangen.

Durch das tropfende Wasser bilden sich Moose. Diese feuchten und schmierseifenglatten Flächen verzeihen keine Unaufmerksamkeit. Und nur einmal nicht aufgepasst, verschwindet man nach einer kurzen Rutschpartie und einem langen Flug in einer der tiefen Schluchten, die sich öffnen wie ein gähnender Drachenschlund. Für immer und ewig! Die Aasgeier werden dann kurzfristig zum letzen Besucher.

Einzeln, ganz nahe an der Felswand entlang, mit den Händen nach Halt greifend, passierten sie diese Hindernisse. Doch weitaus gefährlicher zeigte sich der lose Untergrund auf den schmalen Saumpfaden besonders morgens, wenn die Sicht durch dichten, undurchdringlichen Nebel eingeschränkt war und sich die Feuchtigkeit auf dem Geröll absetzte.

Nachdem Jesus ein paarmal auf dem Geröll ausrutschte, sich an den Händen und Knien leicht verletzte und diese wie Feuer brannten, waren sie gewarnt.

Sie nahmen diese Warnung ernst und ihre Sinne waren bis aufs Äußerste geschärft, wie frisch geschliffene Messer. Nur durch ihre äußerste Vorsicht und Aufmerksamkeit stürzte keiner von ihnen über eine dieser Felsklippen ins unendliche Tief.

Sie verweilten vor einer Felswand, in deren Schatten einige stachelige Kakteen standen, die die Sicht von unten verdeckten und ihnen Schutz und Zeit boten, um windstill im Schatten auszuruhen.

Seit mindestens einer Stunde schon meldete sich sein Dickdarm bei ihm. Diese Rast nahm Jesus zum Anlass, seine Notdurft zu verrichten. Eiligen Schrittes lief er um die Felswand herum und robbte auf allen vieren den mit kleinen Steinen übersäten Abhang hinauf. Hier war er außer Sichtweite der anderen. Breitbeinig kniete er sich hin, zog sein braunes Baumwollgewand mit beiden Händen hoch, als er plötzlich im selben Moment dachte, Stimmen zu hören, war sich aber nicht sicher. Nachdem er sein

Geschäft verrichtet und mit dem nur kläglich vorhandenen Blattwerk der Sträucher seinen Hintern abgewischt hatte, sagte ihm seine innere Stimme – vielleicht war es auch nur die Neugier –, nachzuschauen, woher die vermeintlichen Stimmen kamen.

Und da sah er sie, hinter der übernächsten Wegbiegung. Geduckt robbte er auf dem Felsabsatz näher an sie heran, bis er fast unmittelbar über ihnen kauerte, wo der Berg abbrach und schroff zum Saumpfad hin abstürzte. Sie konnten ihn nicht erblicken, da er etwa fünf Meter über ihnen unbeweglich wie eine Echse in der Sonne lag und die grelle Mittagssonne im Rücken hatte.

Die abenteuerlich aussehenden Gestalten, es waren Banditen, da war sich Jesus ohne jeden Vorbehalt sicher, tauchten wie aus dem Nichts aus der Dunkelheit der Felswand auf. Und es war ihm von Anfang an bewusst, dass in den einsamen Tälern und Schluchten des Pamir Banditen und Gesindel hauste, nicht zu reden von den wilden, menschengefährlichen Tieren. Und jetzt war es so weit.

Jesus hielt für einen kurzen Augenblick inne, um sich zu sammeln, als sich unverhofft ein paar kleine Steinchen vor ihm selbstständig machten. Sie hüpften mit einem hellen Klack, Klack, Klack von Felsnase zu Felsnase, bis sie in hohem Bogen auf dem Saumpfad direkt vor den Füßen der Banditen zum Stillstand kamen. Stille und Angst ließen seinen Herzschlag für ein paar Schläge aussetzen, als die Räuber allesamt nach oben schauten. Jesus kroch förmlich ins lose Gestein, machte sich so klein er konnte.

Glück gehabt! Sie schauten in die pralle Sonne, konnten ihn nicht sehen. Nach kurzer Diskussion setzte sich der Zug wieder in Bewegung. Sie nahmen an, eine Echse hätte die Steine gelöst.

Geduckt lief er, so schnell er konnte, zurück, die Gedanken ständig bei den Räubern. Sein Herz raste vor Aufregung, der Schrecken war ihm in die Glieder gefahren. Ihm war klar, in dieser Situation war ein Widerstand sinnlos, ja, lebensgefährlich. Ebenso war keine Zeit mehr, ihnen auszuweichen, sie würden, ob sie wollten oder nicht, unmittelbar zusammentreffen.

Jesus keuchte vor Anstrengung und Zweige peitschten in sein Gesicht, als er über Wurzeln und Steine strauchelte und in einem Dornengestrüpp landete. Er rutschte auf allen vieren den Abhang hinunter und die Mönche schraken aus ihrer Unterhaltung auf.

Jesus versuchte sich zu entspannen, um einen klaren Gedanken zu fassen. Nur noch ein paar Minuten und die Banditen würden um die Felsnase biegen.

Und wie durch einen Geistesblitz gesteuert erinnerte sich Jesus an seinen Thora-Lehrer, der auch ein begnadeter Mystiker und Grenzwissenschaftler war, ihn ohne das

Wissen seiner Eltern in transzendenten Dingen unterrichtet hatte. Jesus war ganz versessen darauf, in diese neue, unbekannte Ebene des Seins einzutauchen. Hier hatte er die hohe Kunst erfahren, sich mit seiner Umgebung zu verbinden, in sie einzutauchen und wie unter einer Tarnkappe mit der Natur zu verschmelzen, zu verschwinden. Doch bisher war das für ihn nur graue Theorie gewesen.

„Hört her, wir haben keine Zeit zu verlieren! Jeden Augenblick tauchen ein paar Banditen, die ich gesehen habe, hier auf. Vertraut mir jetzt einfach und macht, was ich sage, keine Panik bitte, es wird alles gut verlaufen", sagte er besänftigend mit erhobenen Armen.

Sie schauten ihn argwöhnisch an, als hätten sie das Gesagte nicht verstanden, doch Jesus ließ ihnen keine Zeit, darüber auch nur einen Gedanken zu verlieren.

„Schnell, stellt euch im Kreis um diesen Felsblock hier herum auf. Jeder reicht dem anderen die Hand, sodass wir einen geschlossenen Kreis bilden." Er zeigte auf einen großen Felsen, der am Rande des Pfades lag. Sie fassten sich alle bei den Händen und bildeten um den Block einen Kreis.

„Atmet ein paarmal tief ein und aus, konzentriert euch auf diesen Felsblock in unserer Mitte. Schaut ihn ohne zu überlegen an, lasst keinen Gedanken aufkommen. Schiebt jeden weg, der in euch hochkommt.

Ihr wollt eins werden mit ihm.

Ihr wollt euch verbinden mit ihm.
Ihr wollt in seine Energie eintreten.
Atmet ihn in jeden Teil eures Körpers, in jede Zelle ein.
Schaut ihn euch an.

Ihr seid ein Teil von ihm ... schaut ihn an, ihr seid ein Teil von ihm ... ihr seid er und er ist ihr ... ihr seid er und er ist ihr ..."

Jeder von ihnen spürte zuerst ein warmes Kribbeln in den Händen, dann in den Armen und schließlich durch den ganzen Körper hindurchziehen. Sie luden ihr Energiefeld auf, immer mehr. Urplötzlich sprang es wie ein gezündetes Feuerwerk auf die Umgebung, auf den Felsblock über, verselbstständigte sich, war nicht mehr zu bremsen.

Dann war es ruhig und still, ja, es herrschte eine düstere Totenstille, wie manchmal die Ruhe vor einem Sommergewitter. Ein unheimliches, überirdisches Glitzerlicht ließ die Sträucher in einem hellen Grün erleuchten. Und sie allesamt fühlten die Leichtigkeit, die in ihnen aufstieg, die sich in ihnen ausbreitete, sie schwerelos machte, ihnen das Gefühl gab, sich aufgelöst zu haben, und alle Sinne mit der Umgebung, mit dem Licht verschmolzen. Ihre Materie war verschmolzen mit der des Felsens, hatte sich in sein Schwingungsmuster eingereiht.

Die bewaffneten Banditen bogen gerade in diesem Augenblick um die Felsnase, als sich das Wunder vollzog. Ihre Maultiere trotteten voraus, bockten jedoch kurz nervös, spürten, dass hier eine besondere Spannung in der Luft lag.

Ein älterer Mann mit langen, weißen Harren und einem verschwommenen Gesicht mit zerfließenden und schwammigen Zügen, sicherlich der Anführer, hob gleichzeitig den Kopf, sog an seinen zahnlosen Kiefern, als gelte es etwas Außergewöhnliches zu spüren, kniff kurz die Augen zusammen, schloss sie und öffnete sie dann beruhigt wieder.

Mit einem lauten Befehlskommando trieb er die Tiere zum Weitergehen an. Doch sie wollten sich nicht vom Fleck bewegen. Erst nach fünf-, sechsmaligem Wiederholen und einigen Tritten in den Hintern gehorchten die bockig gewordenen Esel und setzten ihren Weg fort. Die schwere Last auf den Rücken der Muli zeugte von bereits fett gemachter Beute.

Als wären sie Luft, nicht vorhanden, nicht existent, lief die Bande an ihnen vorbei, sah durch sie hindurch und verschwand hinter der nächsten Biegung.

Argwöhnisch schauten, nein, starrten sie ihn an, ein ängstliches Funkeln glomm in ihren Augen. Und Jesus meinte in diesem Moment für einen kurzen Augenblick, als wäre ein Adler herniedergestoßen und hätte ihm die

Kopfhaut weggerissen. Er runzelte die Stirn, sein angespanntes Gesicht wurde plötzlich wieder weich, seine großen, erweiterten Pupillen verschmälerten sich und sein Gemüt erhellte sich.

Die Hindu-Mönche knieten nieder, priesen und dankten Shiva und den anderen Götter für ihren Beistand.

„Du bist ein von Gott Gesandter", wandten sie sich an Jesus, „du hast uns schon wieder gerettet. Dank dir und den Göttern sind wir wieder unbehelligt davongekommen."

Und wiederum lag es bei ihm, sie zu beruhigen, sich ihren Fragen zu stellen, alles über diese Erfahrung zu erzählen und erklären.

Kapitel 4

Der Bergtempel

Am Morgen des vierten Tages nach dem Zusammentreffen mit den Hirten traf die Route im Bereich des heutigen Srinagar im nordöstlichen Bundesstaat Jammu und Kashmir auf eine kleine, verschlafene Siedlung.
In der Nähe, nur wenige Kilometer davon entfernt, thronte ein hinduistischer Bergtempel in über 3 500 m Höhe mit einem einmaligen Blick auf den Dal-See.

Das graue, lange Haar war mit einem Band zusammengehalten und sein weißer Bart bedeckte fast die ganze Brust. Die lebendigen, dunklen, mit roten Flecken umgebenen Augen strahlten fröhlich. Sie hatten etwas von einem Zauberer, sie verbreiteten eine Hintergründigkeit, die an Magie erinnerte, die sich durch die etwas dunklere Hautfarbe verstärkte.

„Du musst Jesus sein", antwortete dieser Mann, Gana Shunkar, der oberste Priester im Shiva-Dava-Bergtempel mit seiner sonoren Stimme.

„Schön, dass du gekommen bist! Du musst wissen, dass ich schon eine kleine Ewigkeit auf dich warte", witzelte er mit einem schmunzelnden Gesichtsausdruck.

„Mein Name ist Gana Shunkar", fügte er hinzu, und auf seinem Gesicht erschien ein Ausdruck von selbstgefälliger Schläue.

„Wie haben Sie mich erkannt?", fragte Jesus ihn mit verdutzt dreinschauendem Gesichtsausdruck.

„Ich bin hier der Oberste Priester und ein hellsichtiger Mensch, der alles weiß! Das muss dir doch klar sein", gab er als Antwort. „Hihihi ... hihihi", lachte er lauthals und berichtete seine Aussage.

„Nein, nein! Murdi, einer deiner Wegbegleiter, war zuvor hier und hat mir von all euren Erlebnissen bis ins kleinste Detail berichtet", klärte ihn Gana auf.

„Ich habe deine geheimnisvolle Botschaft erhalten und bin deiner Bitte gefolgt", sagte Jesus und dachte gleichzeitig, dieser Mann sieht trotz grauem Haar, den rotfleckigen Augen sehr lebendig aus.

„Danke, dass du gekommen bist. Lass uns erst einmal reingehen. Bei einer Schale Tee werde ich dir erklären, worum es geht", sagte Gana, drehte sich um und lief durch einen langen, dunklen Gang, der sich durch den gesamten Gebäudekomplex des Klosters erstreckte. Die beiden Seiten des Flurs waren mit unendlich vielen Holztüren zugepflastert. Hinter diesen verbargen sich die Räume der Mönche und der in Ausbildung befindlichen Priesterschüler.

Jesus hatte den Tempelkomplex durch ein verwittertes, schon in die Jahre gekommenes Holztor, das Haupttor, betreten. Der noch sehr junge, etwas schüchtern wirkende Schüler, der ihn einließ, war wie die meisten hier mit einem einfachen Gewand bekleidet. Jesus fiel auf, dass einige der Bewohner mit ockerfarbenen und wenige andere mit gelborangenen Gewändern, die wie frisch gemahlenes Currypulver leuchteten, bekleidet waren.

Innerhalb dieses Komplexes befand sich ein Teich. Riesige, dunkelgrüne Seerosenblätter bedeckten einen großen Teil des Wassers und ihre rosafarbenen Blüten wurden von blau glitzernden Libellen umflogen. Es erinnerte eher an einen Tanz, der aber etwas abgehackt, ruckartig wirkte, als an einen Flug.

Die in Stein gehauenen Stufen führten bis mitten ins Wasserbecken. Hier musste jeder Besucher des Tempels, der von draußen kommt, seine Füße zur Reinigung ins Wasser tauchen, erfuhr Jesus später.

Ein großer, bewirtschafteter Garten mit verschiedenen Salaten, Gemüse und Gartenkräutern dehnte sich neben dem Wasserbecken bis zum Rundgang aus. Auf der gegenüberliegenden Seite war eine Art kleine Obstpantage angelegt, in der sich gerade einige Männer mit der Bewässerung der Bäume beschäftigten. Dies alles mutete ein wenig wie ein verwunschener Garten an, in dem jeden Augenblick eine Fee auftauchen könnte.

In der Küche angekommen goss ein schon älterer, schlanker Mönch den wohlriechenden, würzigen Schwarztee mit heißem Wasser auf.

„Jesus, du wirst dich über meine Botschaft gewundert haben ...", fing Gana an zu erzählen.

Er berichtete ihm über seine Vision, seine frühe Ausbildung in der Tempelschule und wie er zum Obersten Priester ausgewählt wurde. Gana redete nicht viel drum herum, konnte mit nur wenigen Worten das Wichtige herausheben.

„Jesus, in der Vision habe ich von unserem Gott Shiva, zu dessen Ehre auch dieser Tempel erbaut wurde, den Auftrag erhalten, dich hierher zu bitten. Dich in unsere Religion, unsere Medizin, in die Magie unserer Spiritualität mit den verschiedenen Zeremonien ..." Die Erklärung dauerte über eine Stunde. Jesus musste sich nun entscheiden, ob er diesem Angebot, diesem Weg folgen wollte. Doch er brauchte nicht zu überlegen, sein Weg war so und nicht anders vorgegeben.

Jesus war sich auch bewusst, dass hier das Kastensystem ihn als Fremden und Andersgläubigen normalerweise erst gar nicht hereinlassen und zu so einer umfassenden Ausbildung zulassen würde. Dies war mehr als eine Ausnahme, dies war eine göttliche Fügung, wie es Gana nannte.

Jesus hörte die ganze Zeit gespannt zu, stellte hin und wieder eine Frage zum besseren Verständnis, doch seine Füße fingen langsam an zu schmerzen. Er war das lange Sitzen im Lotussitz einfach nicht gewöhnt, um nicht zu sagen, gar nicht gewöhnt.

Gana, dieser feinfühlige, achtsame Mensch und Gelehrte, schien immer alles schon vorher zu bemerken.

„Jesus, ich glaube, es kommt dir entgegen, wenn wir uns jetzt ein wenig die Beine vertreten. Dann kann ich dir gleichzeitig den Tempel mit den einzelnen Gottheiten sowie die gesamte Wohnanlage zeigen", beendete er seine Erzählung mit dem zuvorkommenden und zufriedenen Lächeln und lief leichten Schrittes voran, sein Gang eher ein Streicheln der Erde, so weich und rollend setzte er auf.

Der aus grauem Stein erbaute Tempel thronte majestätisch auf dem Berg als Zentrum, umgeben von den Wohngebäuden der Schule, des Klosters. Sein pyramidenförmiges Dach, ein Tempelturm, bestand aus aneinandergereihten, aus Stein gemeißelten Gottheiten, Tieren und Säulen, das sich nach oben hin wie zu einem Keil verjüngte.

Zwischen den einzelnen Gebilden bestanden Aussparungen, in denen Vögel nisteten, und der weiße Kot zeugte davon, dass sie stark bewohnt waren. Der erste Anblick verwirrte Jesus ein wenig ob der Vielzahl der Darstellungen und Symbole, die meist auf kleinen Podesten standen.

Den Eingang zur Tempelanlage bildete ein ebenfalls aus grauem Stein gehauener Torbogen, der durch Säulen getragen und auf dessen Dach ein in klein nachgebildeter Tempel mit einzelnen Statuen von Gottheiten und Säulen prangte.

Das Innere des Tempels war voll von Heiligenstatuen. Die farbig bemalte Decke von mächtigen Säulen getragen fiel Jesus besonders ins Auge. Die Säulen, die ebenso verschiedene Gottheiten, Dämonen, Engel oder Tiere wie Elefanten, die Weisheit und Reichtum symbolisierten, manche mit groteskem Blick, andere liebevoll in den düsteren Raum schauend. Die Vielzahl der Darstellung verwirrte ihn im ersten Moment, andererseits beeindruckte sie ihn ebenso sehr stark.

Die weiblichen Gottheiten sind mit großem, vollem Busen, was wohl ihre Fruchtbarkeit symbolisiert, dachte Jesus, dargestellt.

Der Steinboden jedoch war einfach gehalten und glänzte im Widerschein der vielen flackernden Kerzen.

Jede wichtige Gottheit thronte in einem Privatraum und wurde täglich vom Hohen Priester mit Blumen und neuen Sari bekleidet bzw. geschmückt, erfuhr Jesus.

Die grelle Farbbemalung dieser Gottheiten wirkte gegensätzlich zu den einfarbigen, grauen, in Stein gemeißelten Figuren im düsteren, großen Vorraum, den Jesus respektvoll und andächtig durchschritt.

„Dieser Tempel ist dem Gott Shiva gewidmet …", erklärte ihm Gana, „dem Gott der Erneuerung, aber auch der Zerstörung.

Er gilt auch als Gott der Meditation, des Tanzes, der Feste, und vor allem der Keuschheit.

Er ist sehr mächtig. Sein Reittier ist der Stier Nadi und seine Gemahlin heiß Pavati, was so viel wie die Tochter der Berge bedeutet", erzählte er andächtig in sich ruhend.

„Jesus, das wichtigste Symbol Shivas ist das Lingham – ein Phallussymbol –, das seine Schöpferkraft versinnbildlicht, deshalb steht es auch im Zentrum des Tempels", erklärte Gana weiter, und seine Stimme hallte im Raum und wurde von den Wänden wie ein dumpfes Echo zurückgeworfen.

Ein Wandbild Shivas mit türkisfarbenem Hintergrund zierte ebenso die Haupthalle.

Im Lotussitz thronte er aufrecht und seine vier Arme waren mit Armbändern, die teilweise Kobras darstellten, geschmückt. Ebenso schaute von seinem hellbraunen, langen Haar eine Kobra aus Silberschmuck stechend auf den Betrachter.

Der in Gold gehaltene Schein des Erleuchteten erhellte das Bild auf besondere Weise. Auf der einen Seite hielt Shiva einen Dreizack. Auf der anderen Seite eine Trommel und im Vordergrund stand eine Fruchtschale, gefüllt mit frischen Früchten, deren Duft die Nase Jesus' betörte und er sich zusammenreißen musste, um nicht nach einer zu greifen.

Zutritt zu den Räumen mit den Götterstatuen hatten nur die Priester.

Danach betraten die beiden das mit Kerzenlicht hell beleuchtete Privatgemach von Shiva. Shiva thronte über einem mächtigen Steinaltar, umgeben von vielen verschiedenen Göttern, kreisförmig um ihn angeordnet. Um diese schlang sich ein Ornamentband, das nach unten hin in zwei großen Augen endete.
Und Jesus wurde das Gefühl nicht los, egal wo er stand, diese Augen beobachteten ihn fortwährend.

Der in türkisblau gehaltene Hintergrund, der mit einer eindrücklichen Blumen-Girlande in den Farben weiß, grün und rot eingefasst war, sorgte dafür, dass der in Gold bemalte Shiva mächtig zur Geltung kam.
Ein buntes Wandgemälde auf der rechten Wand neben Shiva, mit runden und quadratischen Ornamentbändern umgeben, zeigte die verschiedenen vollbrachten Wunder dieser Gottheit. Die leuchtenden Farben, meist in rot, gelb, grün und gold, hauchten den Bildern sichtlich Leben ein. Pferde, Löwen und Elefanten oder kämpfende Gestalten in Aktion waren ebenfalls zu erkennen. Und Jesus meinte öfter, die eine oder andere Bewegung zu erhaschen.

„Die Dreifaltigkeit besteht aus den Gottheiten Vishu – Shiva – Brama", erklärte Gana und zeigte auf die Darstellungen.

„Brama ist der erste Gott und Schöpfer. Er wird meist mit vier Köpfen dargestellt, die in die vier Himmelsrichtungen blicken. Seine vier Arme tragen die vier Veden, die heiligen Schriften der Hindus", erklärte ihm der Hohe Priester sehr andächtig.

Die Decke war ebenfalls über und über mit verschiedenen Gottheiten, eine für jeden Zweck, bedeckt, stellte Jesus, langsam verwirrt, fest.

„Täglich wird heiliges Wasser aus dem Fluss herbeigeschafft, das die Priester unter anderem für ihre Rituale benötigen", führte Gana bei seiner Führung mit seinen Erklärungen fort.

„Alle Besucher und Pilger des Tempels müssen in einer Vorhalle ihre Schuhe ablegen, es ist strengstens verboten, Unreinheiten in den Tempel zu bringen. Dies gilt ebenso beim Umgang mit anderen Menschen oder auch beim Essen.

Den niederen Kasten ist der Zutritt in den Tempel verwehrt", erläuterte ihm Gana, und dies mit Nachdruck, wobei für einen ganz kurzen Augenblick sein immerwährendes Lächeln verschwand.

Verrat mit schwerwiegenden Folgen

Jesus saß im Halbdunkel der Öllampen, die das tiefe Dunkel im Raum nur mäßig zurückdrängten. Er war dabei, mit seinem Mörser verschiedene Kräuter zu zerkleinern. Was schon eher einem Zerreiben glich, und er musste sich äußerst konzentrieren, um die richtigen Mengen zu erwischen, damit er die anderen Mönche nicht mit einer falschen Dosis vergiftete. Es war mühsam, die trockenen Blätter zu feinem Pulver zu zerreiben, denn eine harzige Substanz darin ließ sie immer wieder am Mörser festkleben und der süßliche Geruch juckte lästig in seiner Nase. Die zerriebenen und gemischten Kräuter verteilte Jesus in die kleinen Tonschalen, die mit einem Korken dicht verschlossen wurden.

Jeden Monat, am Tag des Neumondes, wurden die Götter befragt.
Um mit ihnen einfacher in Kontakt zu treten, wurde die Kräutermischung mit einem vergorenen Saft vermischt, ein paar Tropfen Öl dazugegeben, als Tee aufgebrüht und zu dieser besonderen Zeremonie getrunken.

Pechfackeln und Öllampen tauchten den Tempel zu diesem Anlass in warmes Licht und das Räucherwerk verbreitete mit einer steil aufsteigenden Rauchfahne den Sandelholzgeruch im ganzen Raum.

Nach Rang aufgereiht knieten die Priester und Mönche im Lotossitz in kleinen Gruppen vor der mächtigen Shivafigur. Als jüngstes und im Rang niedrigstes Mitglied war es die Aufgabe Jesus', den Priestern und Mönchen den heiß dampfenden Trunk in Tassen zu gießen. Er wusste nicht genau, was alles in der Mischung war, das die berauschende Wirkung verstärkte, damit die Pforte zu der Welt der Götter sich öffnete und ihnen Visionen schenkte, sie ebenfalls in die Tiefe den Seins eintauchen ließ.

Alle tranken hastig in kleinen Zügen den heißen Trunk, um so schnell als möglich in den besonderen Bewusstseinszustand zu gelangen.

Der goldene Gott Shiva funkelte satt im Fackelschein und alle Mönche saßen im Lotussitz vor der Statue mit gesenktem Kopf.

Lautlos und meditativ bewegten alle ihre Lippen im Gebet und eine seltsame, gespenstische Aura breitete sich im Raum aus.

Dann begann der Hohe Priester, Gana Shunkar, sich zu wiegen und mit einer tiefen, singenden Stimme zu beten. Das Echo hallte von den Wänden zurück und Jesus spürte, wie jede noch so kleine Vibration seinen Brustkorb ins Schwingen brachte. Dann plötzlich kam in ihm das Gefühl auf, selbst zu schweben, sich in einer anderen Sphäre zu bewegen.

Abrupt und ohne jegliche Andeutung stoppte der Hohe Priester mit dem Gebet und eine stoische Ruhe breitete sich im Tempel aus.

Alle Gesichter waren auf einmal ernst und sehr konzentriert und niemand gab seine innere Haltung preis. Sie waren alle in eine andere Welt entrückt und konnten Dinge fühlen und sehen, von denen der normale Mensch nicht mal zu träumen wagt.

Und Jesus wartete gespannt auf die kommenden Ereignisse.

Er fühlte eine überwältigende Leere in sich verströmen und dann, wie in einem Film, reihte sich Bild für Bild in seinem Kopf aneinander …

Es war bereits Abend und die Dunkelheit breitete ihr Gewand aus, als Jesus mit einem Mann, den er Judas nannte, unter einem knorrigen, uralten Ölbaum auf einer Anhöhe im trockenen, warmen Gras saß. Der mit Ölbäumen bepflanzte Hang war nur spärlich mit dünnem Gras bewachsen, das sich tagsüber aufgeheizt hatte.

Der Vollmond verstreute jetzt sein silbernes Licht und die Ölbäume malten gespenstisch kalte Schatten auf den noch warmen Boden.

Jesus hatte kurz zuvor mit einer Gruppe Männer hier gebetet und sich nun mit Judas einen Steinwurf weit von ihnen entfernt.

„Judas, du bist mir ein treuer Freund und ich werde eine Bitte an dich richten, die dir nicht gefallen wird!

Nein, ich weiß, was ich jetzt von dir verlange, verlangt man normalerweise nicht von einem Freund. Und ich weiß ebenfalls, du bist der Mutigste unter ihnen, darum habe ich dich für diese Aufgabe auserwählt." Dabei sah er ihm tief in die Augen und legte ihm versöhnlich seine rechte Hand auf die Schulter.

„Sie ist dringend notwendig, damit die Vorhersehung in Erfüllung geht.

Bitte verzeih mir!", bat er ihn demütig, und wäre es nicht so still gewesen, hätte man ihn nicht hören können, so leise sprach er dies aus.

„Die Hohepriester, die Schriftgelehrten und der Ältestenrat werfen mir vor, ich verführe das Volk, hetze es auf gegen sie. Deshalb sucht mich der Hohe Rat und will mich anklagen. Sie haben Angst um ihre Macht, wollen mich zum Verhör dem Präfekt Pontius Pilatus vorführen." Als er dies Judas erklärte, schob sich eine dunkle Wolke vor den Vollmond und verbreitete eine gespenstische Finsternis. Am erstaunten Blinzeln konnte Jesus seine Reaktion erkennen: Judas biss die Zähne zusammen, schwieg jedoch. Das Ganze kam ihm wie ein Horror-Szenario vor, seine Nackenhaare richteten sich dabei auf und ein kurzes unangenehmes Schütteln durchzog seinen Körper.

„Bitte berichte ihnen, dass wir hier auf dem Zionsberg morgen den Sederabend vor dem Pessachfest (Letzte Abendmahl) feiern. Damit sie wissen, wer ich bin, wirst

du mir einen Kuss zur Erkennung auf die Wange geben",
sagte Jesus mit Nachdruck und entschlossener Mimik
und sah Judas' grotesken Gesichtsausdruck, auf den ein
wehmütiges Schluchzen folgte.
„Iiich soll diiich verraten ...?"

Was wäre, wenn ... was wäre, wenn ... was wäre,
wenn ...

Tempelleben

Auch an diesem Tag meditierte Jesus wie so viele Morgen davor auf dem etwas harten Gras neben dem Teich in der warmen Sonne.

Nun war er schon über einen Monat hier, genoss die weitreichende und intensive Ausbildung zum Priester, die normalerweise nur wenigen Auserwählten, nur der Elite zustand. Er erfuhr, dass viele Eltern ihre jungen Söhne aus verschiedenen Aspekten heraus hier ins Kloster gaben. Zum einen war es oft der Wunsch und die Überzeugung des Kindes selbst, sein Leben als Mönch verbringen zu wollen. Zum anderen weil die Eltern somit einen Mitesser weniger ernähren müssen und auch gleichzeitig hiermit die Götter gut stimmen.

Die Jungen wurden einem Guru, ihrem Meister, unterstellt, der sie in die spirituelle Lehre und Meditation einführte. Der Schüler hatte dem Guru vorbehaltlos zu dienen und dem vom Guru selbst begangenen Heilweg ebenfalls zu folgen.

Die verschiedenen Heilwege variierten je nach Kloster und Guru. Wenn dann die Zeit reif war, der Schüler die letzte Stufe zum Mönch erklomm, erlegte ihm der Guru ein persönliches Gelübde auf, das je nach Neigung und Schwäche des Mönchs festgelegt wurde.

Die Bandbreite war sehr weit gefasst, doch die meisten Gelübde bezogen sich auf eines wie Heimatlosigkeit, Armut, sexuelle Enthaltsamkeit, Fasten, völlige Bedürfnislosigkeit.

Jesus erfuhr von Gana, dass es bei den Gelübden aber auch Extreme gibt wie zum Beispiel jahrelanges Meditieren oder ebenfalls jahrelanges Stehen. Doch diese außergewöhnlichen Anforderungen bildeten die Ausnahme.

Der Mönch hatte dann die Möglichkeit, als Wandermönch unterwegs zu sein oder im Kloster zu bleiben und sich dem spirituellen Leben zu widmen, die Heilige Schrift zu studieren, musste sich aber auch mit philanthropischen und humanen Aufgaben beschäftigen.

Es konnten nur die Mönche zum Priester weiter ausgebildet werden, die die richtige Kastenzugehörigkeit und die entsprechende Qualifikation besaßen. Diese intensivierten ihre Studien in der Heiligen Schrift und je nach Neigung in anderen Fächern wie Heilkunde, Rituale, Sternenkunde.

Im Endeffekt wollte jeder von ihnen irgendwann einmal die letzte der Vier Stufen, die Loslösung von allem Weltlichen, erreichen. Sei dies der Wandermönch, der Asket oder der Priester.

Doch jedem, egal welchen Pfad er einschlug, oblag als oberstes Gebot die Schonung der Schöpfung, die unbedingte Schonung jedes Lebens, also jeder Kreatur, und dies ohne Ausnahme.

Jeden Morgen war für alle, und dies ausnahmslos, Meditieren Pflicht. Die Mehrzahl nahm Cannabis, zum tiefer in die Meditation zu gelangen.

Frühmorgens um drei Uhr stand der Hohe Priester Gana Shunkar – *Diener von Shiva* – auf und als Erstes trug er mit Asche drei horizontale Linien auf seine Stirn, den Sitz der Weisheit, zu Zeichen der drei Gottheiten auf:

Vishu – Brama – Shiva
Schöpfung, Bewahrung und Zerstörung
Dies sind die drei wichtigsten Hindugötter.

Danach folgte das Gebet, bei dem die Verbindung zum Gott Shiva hergestellt und ebenso daraus Kraft und Weisheit geschöpft wurde.
Bis zu sechsmal pro Tag huldigte man mit Speisen, die meist in einer Schale schön arrangiert den verschiedenen Göttern geopfert wurden.
Doch zuvor, als Erstes, wurden die Götter, die den Tempel bewachen, mit Feuer-Huldigung gut gestimmt.

Danach wurde der Tempel, der Schrein, das innere Heiligtum des Gottes, auch für das normale gläubige

Volk geöffnet. Musik der tempeleigenen Musiker erklang, sie spielten zu jedem Ritual geeignete Melodien, damit die Götter in bester Laune erwachen.

Für jeden Besucher des Tempels war es wichtig, den ersten Blick auf eine Statue eines Gottes zu richten, denn dieser Moment sollte das Schicksal gnädig stimmen. Der beste Zeitpunkt dafür war der frühe Morgen, wenn die Götter gerade erwacht sind.

Die zu dem Tempel gehörige Küche wurde schon sehr früh am Morgen betrieben. Hier zubereitete Speisen für Götter und Priester galten als heilig und schmeckten sehr süß. Sehr viele Hindus sind Vegetarier, einer der Hauptgründe hierfür ist, dass die Kuh als heilig gilt und weder getötet noch gegessen werden darf.

Die zu erledigenden Arbeiten waren fest zugeteilt und wechselten im monatlichen Rhythmus. Gana war ebenso wie die meisten anderen Priester in diesem Kloster verheiratet. Sie vertraten im Gegensatz zu vielen anderen Priester nicht die viel diskutierte These der sexuellen Enthaltsamkeit.

„Sich der Lebensfreude hingeben ist ebenso wichtig wie Phasen der Enthaltsamkeit. Alles hat seine Berechtigung und seinen Platz und seine rechte Zeit", zitierte Gana immer wieder.

Kapitel 5
Sheela Kaur

Der Pfad war mit verschiedenen Sträuchern überwuchert, teils schon zugewachsen und einige von ihnen hatten rasiermesserscharfe Dornen, sodass er ganz aufmerksam gehen musste. Sonnenvertrocknete Blüten und Blätter knisterten unter seinen vorsichtigen Schritten.

Die schweren Gerüche von roter Erde, Sommer und wilden Gewürzstauden erschwerten seinen Atem und die stoische Stille wurde nur durch das Gesumse der großen, hummelartigen Insekten durchbrochen.

Als er seinen Blick heben wollte, gelang ihm das nicht, denn der Himmel war reines türkisrotes Feuer und blendete ihn dermaßen, dass Jesus seine Augen automatisch für einen kurzen Moment schloss und wirr durcheinandertanzende Punkte hinter den Lidern sah. Dann drehte er den Kopf nach rechts, öffnete die Augen und erblickte das aus Holz gezimmerte Haus. Die Sonne und der jährlich wiederkehrende Monsun hatten ihm im Laufe der Zeit eine dunkelgraue Patina verpasst.

Das Haus ruhte auf vier Stelzen aus naturbelassenen, aufgeschichteten Steinen, so wie die meisten Häuser in dieser Landschaft. Dies bot Schutz vor wilden Tieren, vor allem aber dem Monsun, der oft in kürzester Zeit ohne Unterbrechung eimerweise Wasser vom Himmel schüttete. Da meist nur ein paar Zentimeter Humus die Erde bedeckten und dieser schnell gesättigt oder gar weggespült war, kam es mehrmals pro Jahr vor, dass sich bei starkem, lang anhaltendem Regen Rinnsale oft in reißende Sturzbäche verwandelten.

Sheela Kaur saß entspannt mit geschlossenen Augen auf der Veranda und ließ sich von der Sonne streicheln, während eine Gruppe streitender Grau-Languren im nahen Wald dumpf schreiend ihre Rangordnungen ausfocht.

Es durchfährt mich immer wieder wie ein Blitzschlag aus heiterem Himmel, wenn ich sie erblicke, dachte er erfreut, und durch sie habe ich eine andere, neue Seite an mir entdeckt. Sie ist schön und anmutig, wie das weiche und zarte Morgenlicht eines Frühlingstages.

„Hallo, Jesus", rief sie mit ihrem zuckersüßen Lächeln im Gesicht, „ich hatte Sehnsucht nach dir."

„Wie darf ich das verstehen?", erwiderte er spitzbübisch, trat auf sie zu und küsste sie.

„Deine Lippen schmecken salzig", bemerkte Sheela schelmisch, presste ihren Körper wie eine Schlange, die ihr Opfer einrollt, an seinen. Er nahm das begierige Zittern, das ihren ganzen Körper durchfuhr, wahr woraufhin, sein Testosteronspiegel augenblicklich in die Höhe schnellte.

Sie löste sich unerwartet und ruckartig, zog ihn hinter sich her ins Innere des Hauses.

„He, nicht so schnell, ich bin noch ganz außer Atem vom steilen Aufstieg", versuchte er sich zu wehren, jeglicher Widerstand war zwecklos. Doch in Wirklichkeit hatten längst die Hormonausschüttungen über seinen Verstand das Kommando übernommen.

Mit siegessicherem Lächeln auf den Lippen und einer maßlosen Lust in den funkelnden Augen schubste Sheela ihn auf ihr Bett, zog ihm erregt das feucht verschwitzte Baumwollgewand aus und liebte ihn mit einer unersättlichen Begierde.

„Ist dein Vater nicht hier?", fragte Jesus nervös, sie konnte seine Unruhe förmlich spüren.

„Warum, hast du etwa Angst, er könnte uns in dieser Situation überraschen?", lästerte sie. „Ach ja, dann bist du gezwungen, mich zu heiraten, da ich jetzt nicht mehr rein bin!"

„Hahaha …", lachte Jesus gekünstelt und wunderte sich immer wieder aufs Neue über ihre grimmige Schlagfertigkeit.

„Dir ist doch klar, dass du hier in Indien nicht einfach so eine Frau ins Bett ziehen kannst, ohne dass dies echte Konsequenzen nach sich zieht. Oder hat dir dein Lehrer, der obere Priester im Tempel, das noch nicht beigebracht", äußerte sie selbstzufrieden, noch ganz außer Atem vom heftigen Orgasmus, auf dem Rücken liegend.

Ja, das genau ist es, was ich an ihr so liebe. Sie ist spaßig, weiß in jeder Situation das Rechte zu sagen und nimmt das Leben und sich selbst nicht allzu ernst. Und

ihre umwerfende Schönheit, ihre Intelligenz machen sie zu dem, was ihr Name auch bedeutet:
Kaur, „kleine Prinzessin".

„Jesus, entspanne dich, mein Vater ist draußen auf der Weide bei den Tieren", beruhigte ihn Sheela Kaur, während sie inzwischen auf beiden Ellenbogen gestützt seinen schlanken, muskulösen Körper selbstzufrieden und genussvoll betrachtete, mit dem Zeigefinger gedankenverloren über seine schwarzen Brusthaare strich.

Sheelas Mutter war früh gestorben. Sheela, das Einzelkind, zog ihr Vater sehr liebevoll und für indische Verhältnisse äußerst weltoffen auf, so wurde eine starke und selbstbewusste Frau aus ihr.

Die beiden lebten von der Schafzucht und der Herstellung von Lotusseide. Das arbeitsintensive Verfahren, das nur wenige beherrschten, bei dem jeder einzelne Stängel der Lotuspflanze gebrochen und die Faser gelöst und dann auf einer Spule mit immer mehr Fasern verdickt zu einem Faden gesponnen wird, spülte viel Geld in ihre Kasse.

„Ich glaube, du hast mich verhext", sagte er liebevoll lächelnd zu ihr.

„Diese Hexerei nennt man Liebe, Jesus!" Ihre Antwort klang amüsiert.

Ja, und Sheela war von Anfang an bewusst, wenn sie in diese süße Frucht biss, würde irgendwann die bittere Pille der Erkenntnis, der Trennung kommen. So wie das Amen in der Kirche.

„Ich werde hier nicht sesshaft, irgendwann muss ich weiterziehen und ...", hatte er ihr offen von Anfang an ehrlich kommuniziert.

Die Begegnung

An einem Vormittag, mächtige Wolken, deren Ränder hell poliert wie frische Ziegenmilch durch die dahinterstehende Mittagssonne weiß strahlten, zogen gemächlich ihre Bahnen am Firmament. Jesus war ins Dorf hinuntergestiegen, um Besorgungen für die Tempelbewohner zu erledigen. Aber dies war nur die halbe Wahrheit. Tapetenwechsel war angesagt, eine andere Umgebung, neue Verbindungen knüpfen und einfach mal raus aus dem Tempelalltag.
Als plötzlich ...

Sie strahlte etwas Geheimnisvolles, Faszinierendes, Romantisches, aber auch Berauschendes aus. Einmalig wie diese Landschaft mit ihren atemberaubenden hohen, schneebedeckten Bergen, geheimnisvollen Schluchten und donnernden, weiß schäumenden Wasserfällen. Und trotz dieser aufregenden Erscheinung strahlte sie ebenfalls eine Ruhe, einen inneren Frieden aus, den Jesus so noch nie an einer Frau wahrgenommen hatte.

Er fühlte die eigenartige Macht, die sie auf ihn, auf die ganze Umgebung ausstrahlte.

Sie sah ihn an, wusste intuitiv, dass er ein Mensch war, der um die letzten Dinge des Lebens wusste oder bemüht war. Ihr Blick drang bis in die Tiefe seiner Seele, wo Wissbegierde und Lust, Ohnmacht und Wut oft miteinander kämpften, vor.

Ihr entging nichts, auch nicht das kleinste Augenzwinkern!

Sie nahm wahr, nein, es war eher ein Spüren, wie das sonnengebräunte, bärtige Gesicht des langhaarigen Mannes für einen kurzen Augenblick einer leblosen Maske glich.

Einer schönen Maske.

Was ihr jedoch verborgen blieb, war, dass er dem natürlichen Ruf seiner Sinne nicht nachgeben wollte. Er kämpfte dagegen kurz an.

Seine geistige Einstellung war eine Art Furcht vor dem, was kommen sollte, das der graue Schleier der Zukunft noch verdeckte, aber der Seele nicht verborgen blieb.

Damit eine Geschichte nicht aufhört, darf sie erst gar nicht beginnen, dachte Jesus ein wenig ängstlich vor den

Konsequenzen einer Liebesbeziehung. Und doch wusste sein Herz, dass er ein Teil ihrer Seele werden wollte.

Dann, von einer Sekunde auf die andere, kehrte volles Leben in seine Züge zurück, machte sie weich und lebensbejahend. Es schien, als begreife er die Tragweite dieses Zusammentreffens. Sein verwirrter Blick befand sich wieder im Hier und Jetzt, suchte ihre Augen. Und nicht nur die Schwüle des Tages trieb ihm dabei Schweißperlen auf seine Stirn.

In ihren dunklen, mandelförmigen Augen schienen sich die Sonnenstrahlen zu verfangen und ihr ganzes Wesen zu erhellen. Sie trug das lange schwarze, ölige Haar zu einem Zopf geflochten, seitlich über die Schulter fallend. Dies gab die ganze Schönheit ihres Gesichtes, ihrer hohen, steilen Stirn frei. Nichts wurde verdeckt. Die zarte, reine Haut, die leicht nach unten gekrümmte Nase, deren breite Flügel nach außen die Konturen der wulstigen, vollen und lockenden Lippen untermalten, hatten irgendetwas Widerspenstiges, Lebhaftes.

Als ihre Blicke sich trafen, senkte sie, wie es hier bei Frauen üblich ist, für einen Moment ergeben den Kopf, erwiderte dann aber augenblicklich, voller Stolz und Selbstvertrauen, sein Lächeln. Ein Lächeln beglückenden Zusammentreffens.

Der Beginn einer leidenschaftlichen Liebe.
Eine Liebe, die auf Respekt und Achtung fußt.
Eine Liebe, die nicht nimmt.

Eine Liebe, die schenkt.
Eine Liebe, die beide beschenkt mit leidenschaftlichen Zärtlichkeitsausbrüchen, mit erfüllten lebensbejahenden Gefühlen.

An einem warmen Abend, Sheela und Jesus lagen nebeneinander im weichen sommerlichen Gras, beobachteten sie, wie die Farben der Wildblumen in der abendlichen Dämmerung allmählich verblassten und Glühwürmchen als grüne Funken sich auf der Wiese gemächlich bewegten.
Beide hingen ihren eigenen Gedanken nach.
Den Arm unter ihrem Nacken liegend, drehte er sich zu ihr hin, sah sie verstohlen aus dem Augenwinkel an.

„Deine Religion verbietet diese freie Liebe, die wir leben", sagte er nachdenklich, sog dabei seine Wangen ein wenig ein. Er wollte sein schlechtes Gewissen entlasten. War es ein schlechtes Gewissen? Na ja, zumindest war da ein Gefühl in der Magengegend, das ihn schon einige Zeit störte.

„Ich finde es natürlich, wenn sich der Mensch vereinigt wie jede andere Kreatur, frei und dem Instinkt folgend, den man bei uns Menschen so schön die Liebe nennt", erwiderte sie mit einem Lächeln, das ihre vollen Lippen umspielte. Sie sagte das alles sehr langsam und bewusst, ihre Augen waren groß und glänzend.

„Bist du dir darin sicher?"

„Ganz sicher, mein Lieber, und es gibt dafür nur den einen, von den Götter geschaffenen Weg.
Sie, die Liebe, ist ein Gesetz des Universums, aber eben auch der Fortpflanzung."
Der tiefe Ernst, mit dem sie sprach, löste in Jesus großes Erstaunen, Achtung und Bewunderung aus. Welch tiefsinnige, wahre Worte.

Er wandte den Blick von ihr ab, schaute ins unendliche Blau des Himmels, das durch die Dunkelheit der Nacht abgelöst wurde, und weilte in ihrem Gesagten, ließ es wie eine süße Frucht auf der Zunge zergehen.
„Jesus, du musst atmen, sonst erstickst du noch", gab sie mit einem umwerfenden Lächeln von sich, als er so still und in sich gekehrt dalag.
Er drehte sich augenblicklich um, küsste sie fast andächtig auf die Stirn.

„Die Philosophie der Gelehrten vertritt die Meinung, dass man den Göttern nur voll dienen, sich hingeben kann, wenn man enthaltsam lebt. Die Frau würde zu viel Aufmerksamkeit und somit Ablenkung vom Wesentlichen bewirken, sodass es nicht möglich ist, Erleuchtung zu erlangen", gab Jesus zu bedenken.

„Verstecke dich nicht hinter der Meinung anderer", konterte sie belustigt. „Was meinst du dazu?"

„Ich bin ganz deiner Meinung", erwiderte er, „doch ein ganz klein wenig lenkst du mich schon ab ... hahaha ...", sagte er und fuhr mit der Hand lustvoll über ihren festen Busen.

Jedes Mal, wenn er sich mit ihr unterhielt, hatte Jesus das Gefühl, ihr Äußeres veränderte sich immer wieder mit ihrem Gesagten. Nicht mehr die körperliche Schönheit, sondern ihr geistiges Wesen wurde zumal sichtbarer und präsenter.

Kapitel 6
Das Mantra

Die kühle Luft des frühen Morgen roch nach feuchten Bäumen und der Nebel lag über dem Wald, doch man konnte schon erahnen, dass die Sonne ihn bald auflösen, wegwischen würde.

„Jesus, eine wirksame geistige Formel, die als höchstes Symbol für Shiva betrachtet werden kann, ist das Mantra", erklärte der Priester Gana Shunkar.

Sie waren schon vor Sonnenaufgang aufgebrochen. Er wollte Jesus an einen Ort, an dem besonders seltene Heilkräuter in unberührter Natur gedeihen, führen und ihn in die Kunst ihrer medizinischen Nutzung einführen.

Um diese Zeit in Indien war es üblich, dass in jedem Dorf ein Heiler tätig war. Im Kloster, in dem Jesus lebte, praktizierte ein Priester die ayurvedische Heilkunst, übernahm diese Aufgabe für die Siedlungen in der näheren Umgebung.

Dieser unterrichtete auch die Klosterschüler in der alten Heilkunst sowie in der Kräuterkunde. Somit war gesichert, dass das alte Wissen über ihre Wirkung sowie den Gebrauch und ihre Anwendung nicht verloren ging.

Gesundheit bedeutet in der ayurvedischen Heilkunst das Gleichgewicht der körperlichen, geistigen und seelischen Kräfte. Dafür muss die individuelle Zusammensetzung der drei Doshas Vata, Pitta, Kapha (Lebensenergien) Wind, Feuer, Wasser und Erde erkannt werden. Sie bestimmen die körperliche Erscheinung, Verhaltensform sowie die Anfälligkeit für Krankheiten. Nach Feststellung dieser wurde im Kloster mit den entsprechenden Heilkräutern individuell für das Leiden des Kranken ein Sud oder eine Kräutermischung hergestellt, die der Patient nach Vorschrift einzunehmen hatte.

So erfuhr Jesus unter anderem, dass einige der Kräuter für ganz gegensätzliche Krankheiten anwendbar sind. Der Baldrian wurde zur Beruhigung, aber auch zur Anregung verabreicht, der Unterschied lag einfach in der Dosishöhe. Da waren dann auch Alleskönner wie das heilige Basilikum, aus dem entweder ein Sud, eine Salbe oder Tees bereitet wurden.

An diesem Tag war neben einigen anderen Kräutern der Enzian das Objekt der Begierde. Der bittere Brei fand Verwendung bei Asthma, Magenverstimmungen, Leberproblemen, zur Stärkung und diversen anderen Gebrechen.

Je nach Heilkraut und Wirkung wurden entweder die Blüten, die Blätter, die Stängel oder die Wurzeln zu einer bestimmen Jahres- und Tageszeit geerntet und verarbeitet. Die Heiler achteten bei der Ernte der Kräuter darauf, dass immer nur so viel davon geerntet wurde, dass dies den Bestand nicht dezimierte. So ließen sie beim Ausgraben der indischen Enzianwurzel jeweils eine kleine Wurzel oder zumindest einen Wurzelrest im Boden, damit im Jahr darauf wieder neue Pflanzen heranwuchsen.

„Ich finde, sie ist die einfachste und wirksamste Möglichkeit, uns in der Gegenwart Gottes zu üben, und dies geschieht durch die Aufrufung eines Heiligen Namens.
Dabei wird, wie gesagt, der Heilige Name aufgerufen. Wenn wir an den Namen denken, dann denken wir unmittelbar an den Heiligen", setzte der Priester seinen Satz fort.

„Soll ich mir beim Aufrufen des Namens vor meinem geistigen Auge etwas Besonderes vorstellen, an den Heiligen denken?", unterbrach ihn Jesus.

„Nein, Jesus, man wiederholt, ohne etwas zu denken, den Namen! Immer und immer wieder. Ort und Zeit spielen dabei ebenso wenig eine Rolle", erklärte er mit etwas Nachdruck.

„Die Wiederholung des Mantras ist eine sehr einfache Methode, alles Negative in uns ins Positive zu verwandeln und somit auch der Umwelt zu helfen", fuhr er weiter und holte bei der Erklärung mit beiden Armen weit aus, als wolle er das Universum mit dieser Gestik umrunden.

„Bei dieser dynamischen Methode wenden wir uns nicht von der Welt ab, hypnotisieren uns auch nicht selbst, also rutschen nicht in irgendeinen Traum. Nein, das tun wir dabei nicht!", doppelte er nach.

„Und das Schöne dabei: Es ist egal, welcher Religion der Heilige angehört, den wir anrufen!
Wir rufen nämlich immer dieselbe Gottheit an,
den gleichen Herrn der Liebe,
das höchste Wesen.
Dies gehört zur unteilbaren Einheit alles Lebens." Dabei huschte ein tiefes, zufriedenes Lächeln über sein Gesicht.

Man sieht ihm sein biblisches Alter gar nicht an, dachte Jesus, als er ihn beim Gehen von der Seite betrachtete. Dieser Mann schien nicht zu altern. Wie leicht und frei er sich bewegt, er geht so weich und federnd und rasch dahin. Seine mittelgroße Statur, eher mager mit großen sehnigen Händen. Seine lebendigen Augen, sein aufgeweckter, reger Geist, seine gute körperliche Verfassung sind einfach phänomenal. Er ist eine magische Erscheinung.

„Die Gelehrten meinen, das Wort ‚Mantra' besteht sprachlich aus zwei zusammengesetzten Teilen", riss ihn Gana aus seinen Gedanken.

„*Man,* der Geist
und *Tri,* kreuzen.

Dies bedeutet für mich, dass wir den Geist, unseren Geist, durchkreuzen, also durchfahren können."

„Was meinst du damit?", fragte Jesus nachdenklich und außer Atem, denn der Pfad stieg steil an. Jesus setzte mühsam einen schmerzenden Fuß vor den anderen und seine Beine begannen langsam, aber sicher von der Anstrengung zu zittern. Was ihn sehr wunderte, war die Tatsache, dass der Priester die Anstrengung gar nicht zu spüren schien.

„Unser Geist ist oft aufgewühlt, unruhig wie ein Wildpferd, dann wieder still wie die Ruhe vor dem großen Sturm. Plötzlich und unerwartet werden oft innerhalb kürzester Zeit viele Gedanken, die auch Gefühle auslösen, gleichzeitig aktiv, die uns aufpeitschen, nervös und unruhig machen. So wie ein Wildbach den Boden aufwühlt, das Wasser mit Erde durchmischt." Er fuchtelte wild mit den Armen, um das Gesagte zu untermalen, und fuhr fort: „Dies sind aber nur Dinge an der Oberfläche unseres Geistes.

Ganz tief in unserem Inneren unter unserer Oberfläche schlummern Angst, Gier, Freude, Leid und nie abreißende Gedankenströme, um einige zu nennen.

Wir versuchen dann mit aller Selbstkontrolle, dieser Herr zu werden, wollen alles steuern, wie ein Schiff durch stürmische See. Doch genau das Gegenteil geschieht oft. Je mehr wir uns dagegen auflehnen, desto heftiger tobt der innere Sturm der Emotionen, gelenkt durch tiefe, unbekannte negative Kräfte des Bewusstseins in uns. Dies ist ein Teil der menschlichen Natur.

Und genau hier setzt das Wiederholen, das Mantra, auf. Es macht den Geist ruhig und je ruhiger er ist, desto mehr können wir unsere Energie, die unerschöpflich ist, nutzen. Negative Gefühle werden abgebaut und Nützliches wird gefördert und wir finden zu einem zielorientierten Handeln.

Ein rascher Geist ist ein ungesunder Geist, ein ruhiger dagegen ein gesunder", sagte er gebetsmühlenartig, schaute Jesus prüfend an und setzte seine Erklärung fort.

„Jesus, um diese Ruhe zu finden, müssen wir unseren Willen stärken. Müssen Schritt für Schritt lernen, in tiefere Bewusstseinsschichten vorzudringen. Dies bedarf viel Übung, mehrmalige tägliche Wiederholungen." Dabei hob er oberlehrerhaft den Zeigefinger, um dem Gesagten ihre enorme Wichtigkeit zu geben.

„Wie ich dir gesagt habe, ein langsamer und ruhiger Geist ist göttlich.

Erkenne also, dass Stille Gott ist!", beendete er seine Erklärungen, setzte dann doch nach kurzer Gedankenpause nach.

„Es gibt natürlich einige andere Methoden, die ich dir auch schon beigebracht habe, den Geist zu beruhigen, doch ich finde, dies ist die einfachste, und das Einfachste ist sehr oft das Beste", sagte er grinsend.

„Und vergesse nicht, es ist am wirksamsten, wenn es unabhängig von Ort und Zeit im Geiste ständig wiederholt wird. Somit kann es sich immer tiefer in unser Bewusstsein eingraben, du kannst eine Verbindung zur aufgerufenen Person herstellen, wo es dann mit der Zeit eine Wandlung, eine wunderbare Wandlung bewirkt. Diese kraftvolle geistige Formel", erklärte er.

Sie kamen inzwischen an einem Plateau an, von dem aus sich ein traumhafter Blick über die weite Ebene bot. Gana und Jesus setzten sich und beide tranken gierig vom mitgeschleppten Wasser. Gana wischte sich mit der Hand den Mund trocken.

„Wunderschön, dieser Ausblick, ich kann gar nicht genug davon bekommen", bemerkte er und betrachtete mit freudigen Augen die Natur vor ihnen. Beide ließen die Schönheit des Panoramas auf sich wirken und man konnte nur das leise Säuseln des Windes wahrnehmen.

„Besonders im Süden unseres Landes werden auch Bitten mit Mantren ausgesprochen. Es sind Bittgebete.

– *Om namah Schivaya* – ist das meistgebrauchte ",

und er sang die drei Worte in einem sehr hohen Laut ein paarmal hintereinander. Doch das Gesungene schien die vorhandene Stille nicht zu durchbrechen.

„In diesem Mantra rufen wir die Gottheit an, dass unserem Ego, unserer Selbstsucht und unserem Willen zur

Absonderung ein Ende gesetzt wird", erzählte er dann nach einer langen Pause. „Besonders die Silbe *Om* hat eine wichtige symbolische Funktion dabei, aber darauf komme ich später nochmals zurück", erklärte er weiter.

„In der hinduistischen Götterwelt, die die Prinzipien der Schöpfung, Erhaltung und Zerstörung darstellt, wird dies durch die Gottheiten personifiziert", dann zählte er die drei Gottheiten auf, streckte bei jedem, den er aussprach, einen Finger in die Höhe, bis man drei sehen konnte.

Vishu – Brama – Shiva

„Die Hauptaufgabe der Gottheit Shiva ist die Weltzerstörung. Shiva liebt uns über alles, doch wenn wir vom Weg abkommen, also in Sünde leben, dann ist er auch bereit, uns leiden zu lassen.

Sünde bedeutet für uns Hinduisten, vom Weg abkommen, das Ziel verfehlen.

Wie du ja auch schon erfahren hast, sind Wachstum und Entwicklung oft mit Schmerz verbunden. Aber nur wenn daraus Wachstum entsteht, also unser Denken und Verhalten sich ändert, uns also lehrt, die richtige Entscheidung zu treffen und uns somit die Möglichkeit schafft, eine höhere Entwicklungsstufe zu erreichen."

Dann erklärte er Jesus, dass es auch einen unpersönlichen Aspekt Gottes, den einige Mantren reflektieren, gibt, also bei dem nicht eine Gottheit direkt aufgerufen wird.

Dabei wendet man hauptsächlich die Silbe *Om* an.

Inzwischen führte der Pfad für eine kurze Strecke durch ein bewaldetes Stück, in der die Sonne in grüngelben Streifen durch dessen Dach schien und die Stimme Ganas sich gedämpfter anhörte.

„Ich muss dir, damit du verstehst, warum diese Silbe *Om* so ein vollkommenes Symbol für die unpersönliche Gottheit ist, Folgendes erklären:

In den alten Hindu-Schriften wird unter anderem eine Theorie vertreten, die besagt, dass die ganze Erscheinungswelt als eine gebündelte Energiekonzentration angesehen werden kann.

Also alles, was du siehst, das aus einem festen Körper besteht, wie der Stein da drüben zum Beispiel, gar kein fester Gegenstand ist, sondern eine Schwingungsstruktur, die sich zu einem bestimmten Muster anordnet." Dabei zeigte er auf den riesigen Felsblock neben dem Saumpfad.

„Und weiter wird darin erwähnt, dass Materie stark verdichtete Vibration ist, die wir also als festen Gegenstand wie diesen Felsen wahrnehmen.

Im Gegensatz dazu ist Energie sehr viel feiner und somit weniger stabil und nicht so fest. Oft so fein, dass wir sie nicht immer wahrnehmen können.

Das heißt, Energie ist ebenfalls wie Materie eine Schwingung mit Schwingungsmustern, doch viel feiner und subtiler wahrnehmbar.

In unserem Glauben sagen wir, dass die zarteste aller Schwingungen der *kosmische Klang*, das schöpferische Wort darstellt. Und die Theorie sagt weiter, dass aus diesem schöpferischen Wort das ganze Universum entstand. Alles, aber auch restlos alles.

Dieser kosmische Klang ist für unsere Sinne leider nicht wahrnehmbar. Nur in tiefer Meditation können wir dies wahrnehmen und erleben. Die Silbe *Om* jedoch kommt diesem kosmischen Klang, dem Schöpfungswort, sehr nahe", erläuterte Gana Jesus, der alles wie nahrhafte Muttermilch in sich aufsog.

Das geheime Wissen

„Jesus, die Mehrheit der Menschen nimmt fast alles als gegeben, also als unveränderbar durch die Götter gesteuert, hin. Doch in Wahrheit ist der augenblickliche Lebensstand eines Menschen die Folge seines Denkens, seiner Weltanschauung. Denn wie du über dein Leben urteilst und entscheidest, liegt ganz bei dir und nicht bei irgendeinem anderen Wesen", bemerkte Gana grinsend, ein wenig herausfordernd. Sein offener Mund gab dabei seine Zähne frei. Die Mehrheit der Menschen in seinem Alter verfügten meist nur noch über ein paar einzelne Zähne oder gar schwarze Zahnstümpfe. Doch bei diesem Mann schauen dir zwei perfekte, schneeweiße Zahnreihen ins Gesicht, dachte Jesus.

„Wie schon gesagt, unsere eigenen Anschauungen über unser Leben sind ausschlaggebend dafür, wie wir uns fühlen", sagte er, atmete ein paarmal tief ein und setzte das Gespräch nach einer kurzen Gedankenpause fort.

„Jesus, mir ist aber auch bewusst, dass das Leben jedes einzelnen Individuums vielschichtig ist und es immer wieder Vorkommnisse gibt, die es zu meistern gilt.

Doch sei dir bewusst", er tippte sich bei dieser Aussage mit der Hand mehrmals gegen die Stirn, als wolle er das Gesagte in seinen Kopf hämmern, „du bist also nicht nur ein hilflos ausgeliefertes unbeschriebenes Blatt, auf das andere vorgeben, was ist und du bist. Nein, du hast die Wahl, was auf dem Blatt stehen soll!"

„Ja, da bin ich deiner Meinung. Aber ich frage mich, wie kann ein Mensch die Transzendenz zum höchsten Selbst oder sogar zur Erleuchtung am schnellsten erreichen?", wechselte Jesus abrupt das Thema.
„Ist es denn wirklich notwendig, in Askese, in völliger Enthaltsamkeit zu leben, um diesen Punkt zu erreichen?", fügte er nach einer kleinen Gedankenpause hinzu.
„Wahrscheinlich gibt es darauf keine abschließende Antwort. Meine Erfahrungen haben mir gezeigt, dass es jeweils von der Person und deren Lebensumständen abhängig ist", antwortete Gana prompt.
„Wie meinst du das?"
„Na ja, ich habe schon Fälle miterlebt, bei denen die Menschen nicht mehr weiterwussten. Ihre ganze Existenz, ihr Umfeld, alles war plötzlich nicht mehr gesichert. Alles sackte einfach weg. Doch sie hatten noch nicht die Talsohle erreicht. Es ging immer weiter runter. Bis sie nicht mehr konnten, völlig am Boden zerstört, nur noch die reine Existenz vorhanden war.
Ich glaube, wenn du diese Stufe erreicht hast, bist du dir deiner Selbst bewusster und die Transzendenz zum höchsten Selbst ist geebnet."
„Meinst du wirklich, dass der Mensch so weit gehen, so tief in die Hölle eintauchen muss?", fragte Jesus, und

man konnte schon aus der Frage, dem Tonfall die gegenteilige Ansicht heraushören.

„Nein, Jesus, das glaube ich nicht. Meine Erfahrung hat mir gezeigt, dass es möglich ist, aus fast jeder Lebenssituation heraus, also auch wenn es dir gut geht, dies zu erreichen. Sicherlich gehört dann auch eine ganze Menge Selbstdisziplin dazu.

Doch darin bin ich mir aber ganz sicher, ohne Verzicht ist dies nicht machbar.

Denn die Ablenkung, die Versuchung lauert hinter jeder Ecke. Und diese bringt dich von deinem Weg zu dir, zu Gott ab!" Dabei schaute er Jesus ganz tief in die Augen und sprach langsam weiter.

„Wahrscheinlich gibt es so viele Wege, dies zu erreichen, wie es Menschen gibt.

Einige Religionen lehren, dass es der Wille der Götter sei, wir ohne Leid den Weg dahin nicht erreichen. Diese Lehre unterstütze ich nicht! Nein!"

Es ist einmalig, sich mit diesem wunderbaren Freund zu unterhalten, über das Leben zu philosophieren. Die Gespräche mit ihm sind keine trockenen Belehrungen. Gana zwingt einem nie seine Meinung auf. Er lässt Platz und Raum für die Meinung und Gedankengänge des Gesprächspartners, dachte Jesus sehr oft nach ausgedehnten Spaziergängen und schönen Gesprächen.

Gana Shunkar und Jesus verstanden sich inzwischen wie zwei Brüder, die miteinander aufwuchsen, sich durch und durch kannten, und keiner hatte vor dem anderen ein Geheimnis.

Fast keines.

So verbrachten sie sehr viel Zeit miteinander und Gana führte ihn immer tiefer in das geheime Wissen, das in den alten Heiligen Büchern schon seit Urzeiten festgehalten, aber nur einer kleinen Gruppe von Auserwählten zugänglich war, ein.

„Jesus, die Theorie, also Gehörtes oder Gelesenes, ist die eine Seite der Münze, doch die weitaus wichtigere scheint mir die Praxis zu sein. Denn alles, was der Mensch selbst einmal erlebt, gelebt hat, hinterlässt eine viel tiefere Spur und ein anderes Bewusstsein macht sich breit", wiederholte er bei seinen Ausführungen öfters.

Jesus zollte Gana viel Respekt, denn der Austausch von indigenem Wissen war damals so gut wie nirgendwo anzutreffen.

Die alten Gelehrten, Hinduisten, übernahmen vor Urzeiten von den Chinesen eine Methode, die es ermöglicht, in die nächste Dimension zu schauen. Dieses nicht ungefährliche Unterfangen barg jedoch immer die Gefahr, dass dabei durch irgendeine kleine Unaufmerksamkeit etwas schieflief. Falls dieser „Worst Case" eintraf, war die betreffende Person für immer in der anderen Ebene gefangen.

„Jesus, diese Erfahrung haben bis jetzt nur wenige, auserlesene Personen erlebt. Die Gefahr, dass dabei etwas schiefläuft, ist einfach zu groß", wies Gana Jesus mit Nachdruck darauf hin, nachdem er ihm von dieser uralten Praxis erzählt hatte.

Grundlage für dies ist ein besonderes Getränk, aus vier verschiedenen Pflanzen und Pflanzenextrakten. Zusätzlich ist eine minimale Dosis Schlangengift und eine nicht allzu geringe Menge Haschisch dafür notwendig. Diese Mischung wiederum wurde mit Öl und Alkohol angesetzt und für drei Wochen in einem Glasbehälter an einem sonnigen Ort aufbewahrt. Danach wird die gelbliche Flüssigkeit mit einem Tuch filtriert und in einen lichtundurchlässigen, verschlossenen Behälter für nochmals vier Wochen angesetzt.

Bei einer speziellen Neumondzeremonie, die höchstens einmal pro Jahr stattfindet, da die notwendige Gestirnkonstellation nur in dieser Nacht gegeben ist, wird dann diese außergewöhnliche Reise praktiziert. Im Beisein von drei Priestern, die praktische Erfahrung in dieser Sache besitzen.

Der wichtigste und auch gefährlichste Moment ist die Wahl und Einhaltung des exakten Zeitpunkts des Zurückholens. Wird diese überschritten, dann ist es nicht mehr möglich, die Person mit dem dafür entzündeten Räucherwerk und einem kompliziert anzuwendenden Herzmassagegriff zu reanimieren.

Jesus lag ruhig auf der rechteckigen Steinplatte, umgeben von sieben brennenden Kerzen, die ihr warmes Licht verstreuten. Die intensive Meditation hatte längst das wilde Pferd in ihm ruhiggestellt und er war bereit, den Schritt in die andere Ebene des Seins zu wagen.

Die von Weihrauch und Myrte geschwängerte Luft beruhigte zusätzlich seine Sinne immer mehr. Jesus blickte schon ein wenig benommen und ausdruckslos auf die Gottheit Shiva, die sich im flackernden Licht zu bewegen schien. Der bittere Sud hinterließ einen ekelhaften Nachgeschmack in seiner Mundhöhle und die Zunge fühlte sich pelzig an, er zeigte bereits Wirkung.

Plötzlich, von einem zum anderen Augenblick, trat er weg. Sein Herzschlag war nicht mehr wahrzunehmen, der körperliche Tod hatte sich in ihm breitgemacht und …

Helles, grelles Licht in weiter Ferne, das aber nicht blendete, saugte ihn förmlich durch einen engen, sehr schmalen und stockdunklen Tunnel, ähnlich dem Geburtskanal. In diesen Millisekunden durchlief Jesus sein ganzes bisheriges Leben.

Angefangen beim Verlassen des Mutterleibs, seinem ersten Atemzug, seine liebevolle Mutter Maria, an deren Brust er säugte, die Ausbildung beim Thora-Lehrer …, alle Etappen durchlief er in höllischer Geschwindigkeit, von der er aber nichts spürte. Für ihn fühlte es sich an, wie das Erlebte noch einmal in voller Länge zu durchleben.

Die irdischen Gesetze von Raum und Zeit waren inexistent. Seine Seele hatte sich vom Körper getrennt und er durchströmte den Tunnel ins Jenseits, in das göttliche Licht der Liebe.

An diesem Ort herrschte eine erfüllende Ruhe, ein Gefühl der Verbundenheit mit allem. Liebe durchdrang ihn, er war eingetaucht in die Unendlichkeit der bedingungslosen Liebe.

Plötzlich zog etwas an ihm. Er wehrte sich heftig dagegen. Er wollte diesen Raum, dieses Paradies nicht verlassen. Doch der ganze Widerstand nützte nichts. Es zog an ihm, zurück in den dunklen Tunnel.

„Hallo, Jesus, kannst du mich hören?", fragte Gana und tätschelte dabei leicht seine Wangen.

„Wo bin ich, was ist geschehen? Nein, warum habt ihr das getan!", fragte er vorwurfsvoll, doch an seinen noch halb geschlossenen Augenlidern konnte man sehen, dass er noch nicht bei vollem Bewusstsein war.

Diese außerirdische Erfahrung von Liebe und Geborgenheit veränderte unmittelbar und nachhaltig seine Lebenseinstellungen. Die Wichtigkeitenliste wurde vollkommen neu geordnet.

Der Tod verlor sein hässliches Gesicht, bekam eine ganz andere Bedeutung, rutschte auf dieselbe Stufe wie die Geburt.

Raum und Zeit waren für ihn plötzlich nicht mehr die Begrenzer.

Jesus, ein gelehriger, wissbegieriger Schüler, der Begabungen aufwies, wie Gana Shunkar sie so noch nie in seinem langen Leben bisher bei einem Menschen angetroffen hatte. Ebenso wenig war Jesus im Gegensatz zu den anderen in traditionellen Denkmustern gefangen.

Und ihm wurde immer klarer, dass Jesus eine Lichtgestalt, ein Auserwählter ist.

„Jesus, du verblüffst mich immer mehr. Und bald werde ich hier der Schüler und du mein Lehrer sein", und dies offenbarte er nicht ganz ohne Stolz. Jesus war inzwischen so weit fortgeschritten, hatte göttlichen Zugriff auf die Schwingungsenergien, konnte sich mit ihnen verbinden, ihre Schwingungsstruktur verändern.

Besonders in der Heilkunde kam Jesus dies zugute. Durch die Verkündigung *der göttlichen Präsenz in jedem Menschen* brachte er den Patienten oft so weit, dass dieser durch Worte oder sein Handauflegen selbst seinen inneren Heiler aktivierte, den defekten Bauplan der Schöpfung korrigierte und somit gesundete.

„Nicht ich bin es, der dich heilte, sondern Gott in dir, den du darum gebeten hast", erklärte er einmal, als ein Blinder vor ihm auf die Knie fiel, seine Füße küsste und ihn vor Dank nicht mehr gehen lassen wollte.

Aber auch Jesus musste seine Grenzen kennenlernen und so manch bitteres Erlebnis verdauen. Seine Energie war nicht unendlich. Er durfte unangenehme Erfahrungen machen, erleben, was geschieht, wenn der Mensch zu gierig nach Erfolg wird. Keine Grenzen mehr beachtet und versucht, auf der Welle immer obenauf zu surfen. Das gesteigerte Ego, das es eigentlich zu beruhigen gilt und nicht zu nähren, im Zaum zu halten.

„Die größte Geißel der Menschheit ist das Über-Ich, das zu große Ego", mahnte ihn Gana sehr oft. Und wie recht er hat, dachte dann Jesus immer und immer wieder, versuchte sich ihm nicht hinzugeben. Doch die Versuchung, die ihm zuckersüß ins Ohr säuselte, war übermächtig. Er nannte es den Teufel, der versucht, durch *Es* Besitz von jedem Menschen zu ergreifen.

Ein neues Leben

Sie saß entspannt, mit dem Rücken angelehnt, in der großen Wanne. Dann plötzlich setzten die Wehen wieder ein. Diesmal stärker als zuvor. Sheela schnellte ruckartig im warmen Wasser nach vorne, sodass es plätschernd überschwappte. Die Geburtshelferin des Dorfes legte ihr vorsichtig den Kopf mit der Stirn auf den Wannenrand. Um Verletzungen vorzubeugen, war er mit weißen Baumwolllacken abgepolstert.

Die entspannende Wirkung und das geringere Schmerzempfinden im warmen Wasser waren für Sheela nicht der einzige Grund für eine Wassergeburt.

Der Glaube, das spirituelle Wissen, dass alles Leben aus dem Wasser entsprang und dass das geweihte Wasser eine erste, göttliche Reinigung darstellt, waren für sie die Hauptmotivation für ihre Wassergeburt.

„Atme tiiief ein und aus. Atme tiiief ein und aus … Jaaa, du machst das gut, mein Mädchen, sehr, sehr gut …", wiederholte die grauhaarige Alte mit ihrer sonoren, beruhigenden Stimme. Die eine Hand über den Hinterkopf und die andere auf dem oberen Rücken gab sie Sheela Halt, Vertrauen und das Wichtigste, Sheela spürte die Anwesenheit dieser erfahrenen Frau. Sie hatte schon viele, sehr viele neue Leben als Erste auf dieser Welt begrüßt.

Sheela drückte in diesem Augenblick die rechte Hand Jesus', der wie ein Indianer auf den Fersen neben der Wanne ruhte, so stark zusammen, dass er vor Scherz fast aufgeschrien hätte.

„Jetzt, meine Kleine!

Press! Press! ...

Jaaa, weiter so, gleich ist es da", motivierte die Geburtshelferin mit ihrer kräftigen, aber liebevollen Stimme. „Du hast es gleich hinter dir", unterstützte sie die Gebärende moralisch.

Sheela stöhnte und jammerte heftig. Plötzlich schrie sie mehrere Male hintereinander laut heraus. Dann spürte Jesus, wie sich ihre Muskulatur anspannte, das Pulsieren ihrer Hand verebbte und sie mit einem lauten, befreienden Schrei ein letztes Mal alle Kraft in das Pressen setzte.

„UUäääähhh ... uuuäääähhh ...", schrie das Kind lauthals, nachdem die Alte es von der Nabelschnur befreit in die Luft hielt, es sehr vorsichtig schüttelte. Und die Welt begrüßte einen neuen, kleinen Erdenbürger. Einen ganz munteren und gesunden Jungen.

In dieser Nacht zog ein hell leuchtender Komet oben am Himmelszelt über ihnen vorüber. Dies war ein untrügliches Zeichen, dass die Geburt des Jungen Kanja Anand Josef unter einem guten Stern stand.

Kanja, was der „im Wasser Geborene" bedeutet, Anand – der Glückliche – nach dem Namen von Sheelas Vater und Josef nach Jesus' Vater benannt.

Jesus kniete inzwischen neben der Wanne und hatte die erschöpfte Sheela in seine Arme geschlossen.

Dieser einzigartige, göttliche Moment brannte sich in sein Gehirn unauslöschlich ein und das erhebende Gefühl, Vater zu sein, würde ihn ein Leben lang begleiten. Dieses Gefühl brachte seine Synapsen zu einem Tanz rauschender neuer Verbindungen in seinem neuronalen System.

Sheela erhob sich vorsichtig, versuchte aufzustehen, während ihr die Alte unter ihre Arme griff, damit sie nicht ausrutsche. Die Nachgeburt sollte das Wasser nicht beschmutzen, doch der weitaus wichtigere Grund war die verminderte Blutung in der kälteren Umgebung als im warmen Wasser.

Es folgte für die drei eine lange Nacht, angefüllt mit sanfter Nachdenklichkeit.

Kapitel 7

Die Anschuldigung

Eines Tages, an einem späten Nachmittag, ließ der Hohe Priester nach Jesus rufen.

„Jesus, ein Bruder von dir hier im Kloster hat sich schon mehrere Male bei mir über dich beschwert. Er berichtete, dass du nicht nur unseren Göttern huldigst, sondern auch denen aus deinem Volk. Er behauptet ebenso, eine Frau aus dem Dorf würde von dir ein Kind erwarten", stellte ihn Gana vor Tatsachen, und Jesus konnte seiner Mimik keinen Hinweis auf seinen Gemütszustand entlocken, es war unbewegt wie das leere Gesicht eines Kartenspielers.

„Ja, dem ist so! Es entspricht vollkommen der Wahrheit", antwortete er selbstsicher mit wütendem Blick und setzte nach, „und ich selbst habe dir davon doch schon öfters berichtet."

„Warum macht der Bruder dies?

Warum kommt er nicht direkt zu mir und ich kann es ihm erklären?

Ich verstehe einfach nicht, warum er zu dir kommt und mich hintergeht?" Dabei zeigte sein Gesicht eine Mischung aus Verärgerung und Aufregung.

Das Räucherwerk auf dem Tisch verbreitete mit einer gut sichtbaren, schmalen Rauchfahne den würzigen, beruhigenden Geruch des Sandelholzes im ganzen Raum. Die dünne Rauchfahne reagierte mit einem tanzenden Rhythmus auf jede Körperbewegung, sogar beim Sprechen hatte Jesus das Gefühl, sie würde bei jedem Wort mitschwingen.

„Jesus, dies ist eine Reaktion auf das zu große Ego unseres Bruders. Erinnere dich bitte daran, welche Wichtigkeit dieses Thema in der Heiligen Schrift einnimmt", erklärte Gana mit gelassener Stimme, nicht belehrend und völlig entspannt. Jesus sah, wie gerade eine schwarze Fliege unbehelligt auf der Nase des Hohen Priesters landete und ihre behaarten Beine säuberte.

„Wenn dich dein Über-Ich in den Fängen hält, dann bist du in der Hölle." Dann schob er eine kleine Sprechpause ein, um dem Gesagten Raum und Wichtigkeit zu geben, und schielte auf die Fliege, die immer noch auf seiner Nase verweilte.

„Schlimm daran ist, du merkst es nicht mal … hahaha", lachte er laut, es klang ein wenig bitter.

„Ganz im Gegenteil, es verspricht dir ein sogar gutes Gefühl und du glaubst dich im Paradies zu wiegen!", setzte Gana schnell hinzu. Der Hohe Priester blickte Jesus tief in die Augen, als gälte es zu sehen, was die Worte bei ihm bewirkten, setzte dann aber schnell mit der Erklärung fort.

„Ja, du wirst zum Konsumenten der Verlockungen.

Sie geben dir das kurzfristige, aber gute Gefühl von Anerkennung, Gebrauchtsein, also Liebe. Doch in Wirklichkeit umgarnst du dich selbst immer mehr, mit diesen Ersatzbefriedigungen. Im Endeffekt bist nicht mehr du Herr in deinem eigenen Haus, sondern der Diener. Dem Über-Ich hast du den Schlüssel des Hauses übergeben", erklärte er ihm, und sein Lächeln war in diesem Augenblick verschwunden, „und du bist raus aus dem Paradies", beendete er den Satz, und sein ewiges inneres, zufriedenes Grinsen kehrte zurück. Daraus konnte man die Wichtigkeit des Gesagten ersehen. Dann machte er eine Sprechpause und die Ruhe gab ihnen Zeit, sich dem Gesagten nochmals hinzugeben, es sacken zu lassen.

„Wenn unser Bruder sich über dich stellt, dich bespitzelt und mir darüber berichtet, dann erhält er eben das Gefühl der Anerkennung, geliebt zu sein. Jesus, habe Nachsicht mit ihm. Zeig ihm deine Bruderliebe. Ich bin sicher, auch er wird eines Tages Wachstum erlangen und das Über-Ich als Teufel erkennen. Ja, er wird bitter erfahren, dass nicht der Diener der Herr im Haus ist."

„Aber warum möchte unser Über-Ich unser Haus immer besetzen?", fragte Jesus empört nach.

„Du musst wissen, dass es so gut wie keine freie Entscheidung für den Menschen hier auf Erden gibt. Wir sind fast alle durch unsere Herkunft, unsere Umgebung, durch unser Erlebtes so stark konditioniert, dass wir fast keinen weißen Flecken in uns tragen, der nicht beschrieben, mit irgendetwas behaftet ist. So erschaffen wir auch unsere eigenen Dämonen, die sich immer mehr und mehr in uns ausbreiten", erklärte er weiter und zeichnete, beim Kopf angefangen, mit beiden Händen den Körper nach.

„Deshalb ist es wichtig, die ausgetretenen Pfade zu verlassen und keine solchen fremden Götter in uns zu nähren", dabei tippte er energisch mit dem Zeigefinger auf seinen Kopf, „neben sich zu haben. Den Teufel, das Über-Ich in uns zu vertreiben und mit Frustration umzugehen lernen.

Und jetzt zum Kern deiner Frage, Jesus:

Die Heiligen Bücher sagen, dass Menschen, die irgendwann zu wenig Zuwendung auf einer Ebene erhalten haben, dies ist meistens zu wenig Liebe, versuchen mit Ersatzbefriedigungen, dies zu kompensieren." Als er das Wort Liebe aussprach, fuhr er mit seiner rechten Hand über seine linke Brust, über sein Herz.

„Wir streben nach Macht und Geld und wofür all dieser Aufwand? Nur um Ansehen zu erlangen, also geliebt zu werden, somit die vorhandene Lücke in sich zu schließen. Jede Ersatzbefriedigung dient eigentlich nur demselben Zweck." Als er dies aussprach, hatte seine Stimme einen desillusionierten Unterton. Doch er war sich ganz sicher, dass diese Worte nicht in dem Synapsen-Nirwana Jesus' verhallten. Und dachte, alles was gekauft werden kann, besitzt keinen echten Wert, sprach es aber nicht aus.

„Jesus, wenn man in den Spiegel schaut, genau hinblickt, dann kann man es nach einiger Zeit sehen. Das kleine, verletzte Kind taucht plötzlich für einen kurzen Augenblick wie der Funke zwischen zwei Feuersteinen in den Augen des Betrachters auf, das immer noch darauf wartet, bedingungslos geliebt und erwachsen zu werden.

So wie jede Pflanze Wasser braucht, braucht der Mensch Liebe", beendete er seine Erklärung.

Als Jesus nach dieser langen Zeit des intensiven Zuhörens aufstand, hatte er das Gefühl, dass alles Leben aus seinen Beinen gewichen war. Sie waren eingeschlafen, weil sie zu lange in einer Stellung verharrt hatten, und es kribbelte blutleer, als er gehen wollte.

„Wenn du an dich selbst glaubst, dich selbst findest, dann findest du Gott."

Diese Worte des Hohen Priesters klangen noch lange übermächtig stark nach und ließen ihn die tauben Füße schnell vergessen.

Das Fasten

Ein trüber, regnerischer Tag kündigte sich schon kurz nach dem Morgengrauen an. Jesus hatte keine Ruhe gefunden, hatte die ganze Nacht kein Auge zugetan. Er lag mit einer kalten Kompresse über der Stirn auf dem Bett. Mitten in der Nacht hatten ihn zuerst leichte Kopfschmerzen überkommen, die sich dann aber bald darauf in einen sehr starken Migräneanfall verwandelten. Die überreizten Nerven meldeten sich auf diese Weise. Als wäre dies nicht schon genug, tat ihm zusätzlich jeder Knochen vom unruhigen Hin- und Herwälzen in der unbequemen Schlafstätte noch weh.

Seine Gedanken kreisten immer und immer wieder um dasselbe. Er wurde sie nicht los und der Papagei in seinem Kopf wiederholte nun schon zum hunderttausendsten Mal die Frage:

Soll ich der Vorhersehung folgen und somit meine Familie verlassen?
Oder soll ich bei meiner Familie, meinem Sohn und Sheela, bleiben?

Es war ein Auf und Ab, doch die Antwort, das Richtige zu tun, blieb ihm sein Gedanken-Karussell schuldig.

Er konnte es drehen und wenden, wie er wollte, egal wie er sich entschied, es lief immer auf Verrat hinaus.

Ganz vorsichtig, im Schneckentempo, stand er auf. Durch die aufgetretenen Kreuzschmerzen, die Folge seiner inneren Verspannung, war es eine Tortur, bis Jesus sein schweißnasses Gewand im spärlichen Licht des frühen Morgens gewechselt hatte.

„Guten Morgen, Jesus, was liegt dir auf dem Herzen? Was kann ich für dich tun"?, fragte er Jesus ohne Umschweif. Der Hohe Priester, bereits auf dem Rückweg aus dem Tempel, traf im Innenhof auf ihn.

„Du siehst angegriffen, matt, ja, ein wenig energielos aus!", kam er direkt auf den Punkt, legte gleichzeitig väterlich seinen Arm über Jesus' Schulter.

Peitschender Regen hatte inzwischen eingesetzt. Und sie flüchteten im trüben violetten Licht ins Trockene unter das vorstehende Dach des Nebengebäudes. Der geöffnete Schlund des wasserspeienden Drachen am Dachende spie Unmengen von Regenwasser aus, das wie ein Wasserfall laut plätschernd auf den Boden klatschte, und die feine Gischt ihre Gesichter mit einem leichten, kühlenden Film bedeckte.

„Willst du es mir sagen?" Gana hatte seine angespannte Haltung und die dunklen Ringe um seine Augen, die in den letzten Tagen immer tiefer wurden, längst bemerkt.

„Ich weiß nicht, was ich tun soll!
Mein Geist ist so in Aufruhr, ich habe die letzten Nächte kein Auge zugetan. Und jetzt rebelliert mein ganzer Körper noch zusätzlich", sagte Jesus, sah dabei Gana fragend und bittend an, während er gleichzeitig mit den Schultern zuckte.

Ihm war sehr wohl bewusst, dass sein Körper auf die Botschaften des Gehirns, der Gedanken und Gefühle, reagierte. Der Körper eines jeden Lebewesens, insbesondere der des Menschen, glaubt und macht dann schlussendlich auch das, was man ihm sagt über ihn denkt.
Unsere innere Anschauung über uns selbst, über unsere Gesundheit, wirkt auf unseren gesamten Organismus und somit auf unseren Zustand.
Wir setzen Grenzen oder wir überwinden sie. Es ist schlussendlich nur eine Frage der Überwindung unserer selbst festgelegten Einschränkungen und ebenso eine Frage der positiven oder negativen Einstellung.
Die Erfahrungen, in denen wir verweilen, sind die Herren in unserem Haus und bestimmen sehr stark über den Zustand des Gebäudes, unseres Körpers.

„Aber was bedrückt dich denn so stark?", fragte Gana noch mal nach.

„Ich weiß nicht, was das Richtige ist!
Soll ich hier bei meiner Familie bleiben?

Oder soll ich meiner Vorhersehung nachgehen, aber dann muss ich das alles hinter mir lassen?
Egal welche Entscheidung ich treffe, es ist beides nicht richtig. Und doch möchte ich beides!", sagte er mit einem verwirrten Blick, und die geröteten Augen sprachen Bände.

„Beim Meditieren habe ich schon mein Inneres befragt. Doch auch hier kam keine Antwort, das wilde Pferd in mir wollte einfach nicht zur Ruhe kommen", berichtete er sichtlich nervös und unsicher, was durch seine fahle Hautfarbe unterstrichen wurde.

„Jesus, mein bisheriges langes Leben hat mich gelehrt, dass es das Beste ist, wenn eine große Entscheidung ansteht und Körper und Geist überlastet sind, nicht noch mehr Öl ins Feuer zu gießen.

Einen Schritt zurücktreten, alles verlangsamen.

Umkehrung der Dinge nennen wir dies." Dann machte Gana eine Pause, schaute Jesus tief in die Augen und konnte seine verletzte Seele förmlich spüren.

„Der Hektik aus dem Weg gehen, den Ort der Stille in uns aufsuchen, den Raum unseres Herzens finden, wo die lärmenden Gedanken und Gefühle keinen Zutritt haben. Alles Störende, alle abschweifenden Gedanken immer wieder loslassen, denn das Festhalten an alten Geschichten oder Nebensächlichkeiten verhindert, dass wir den Frieden in uns, Gott, finden.

Dreißig Tage fasten, also keine feste Nahrung zu sich nehmen. In dieser Zeit aber keine großen körperlichen

Anstrengungen unternehmen." Als er dies sagte, strich er Jesus mitfühlend über das Haupt und setzte seine Erklärungen fort.

„Dein Körper und dein Geist stellen sich langsam darauf ein und wenn du geduldig genug bist, wirst du aus deinem Innern die Göttliche Antwort erhalten. Du wirst durch Gott in die richtige Richtung geführt werden und das Notwendige, das Richtige für dich tun", und beendete seine Ausführungen mit einem Beispiel:

„Der Mensch ist wie ein Garten mit blühenden Blumen, Gemüse und Obst, der gegossen, von Unkraut gesäubert, also gepflegt werden muss, damit er schön ist und möglichst viel Ertrag bringt.

Dann schließt sich eine Periode an, in der die Blumen verblüht sind und es keine Früchte zu ernten gibt. Die Pflanzen sich zurückziehen, ausruhen, um neue Kräfte zu sammeln, sich vorbereiten für das, was kommen wird. Etwas Neues. Dies ist der Zyklus der fortwährenden Wiedergeburt."

Die Luft war hell und klar und ein leichter Wind strich ihm durch sein Haar. Jesus genoss die atemberaubende Sicht auf die schneebedeckten Gipfel und ließ seinen Blick auf der gegenüberliegenden Seite über die weite unendliche Ebene vor ihm schweifen. Sie schien nur durch den leicht verschwommenen Horizont weit, weit hinten begrenzt zu sein. Und wenn er den Blick nicht fokussierte, meinte er dahinter das Meer ausmachen zu können. Er konnte gar nicht genug bekommen von diesem Gesamtkunstwerk der Natur. Er kostete von diesem fantastischen Panorama wie von einem exzellenten Wein und wurde dafür auch noch mit guten Gefühlen belohnt.

Die Quelle für diese Empfindung ist das *Mitgefühl*, aber das war ihm in diesem Moment noch nicht klar. Für die Mehrheit der Menschen bedeutet Mitgefühl, mit anderen Menschen mitfühlen, mitleiden. Doch weit gefehlt. Dies ist Mitleid, Empathie und verursacht, wenn man sich zu stark hineingibt, sich darin verliert, sich nicht abgrenzt, Leid. Das Nervenkostüm, die psychische Kraft lässt nach und ein Ausgebranntsein ist nicht mehr fern.

Wahres und echtes Mitgefühl beschränkt sich nicht nur auf die Ebene zwischen den Menschen. Jeder Grashalm, jedes Tier, sei es auch noch so klein und unbedeutend wie die Ameise, der Rhythmus der Natur, einfach alles, das ganze Universum gehört in unser Mitgefühl eingebunden. Und das Unglaublichste dabei ist, das menschliche Gehirn reagiert auf Mitgefühl, belohnt uns mit guten Hormonausschüttungen. Wie Jesus bei dem überwältigenden Panorama selbst spüren durfte.

Ist es nicht seltsam, jetzt sitze ich hier, genieße die Natur und erhalte dafür noch eine Belohnung, ging es ihm durch den Kopf. Diese Schöpfung ist uneigennützig, belohnt uns mit guten Gefühlen, schenkt uns Essen und

Trinken. Hat alles miteinander verbunden, jedes Teil passt sich genau ins andere, läuft ohne unser Dazutun. Man muss es nur sein lassen, wie es ist, nicht eingreifen, dachte er weiter.

Ja, wir Menschen haben diese besondere Begabung, alles unter Kontrolle zu bringen, lenken zu wollen, nichts sein zu lassen, wie es ist.

Wir wollen Macht.

Aber warum?

Es ist unser unbefriedigtes, nimmer*sattes Über-Ich*, unser *aufgeblasenes Ego*. Bei diesem Gedankengang lachte er laut hinaus. Prompt erhielt er die Antwort auf sein Lachen. Das Echo hallte mehrfach wider, als wolle die Natur seine Gedanken ebenfalls bestätigen.

Jesus erhob sich etwas unsicher. Als ihm plötzlich schwindelig wurde, schien der Boden unter seinen Füßen wegzusacken und er fiel, ohne den Versuch zu machen, sich irgendwo festzuhalten, auf die Felsplatte unter ihm.

Als das leichte Drehen in seinem Kopf und die schwarzen Punkte hinter seinen Augen sich ein wenig beruhigt hatten, kroch er auf allen vieren über die Wiese hinter dem Felsen Richtung Bach.

Zwanzig Tage fastete er nun schon, trank nur das klare, kalte Wasser aus dem kleinen Bergbach und meditierte den ganzen Tag mit ein paar Unterbrechungen. Die eiskalten, nicht enden wollenden Nächte setzten seiner Physis enorm zu und die einzige Gesellschaft leistete ihm die Umarmung der Einsamkeit.

Am zweiten Tag war es schon ein wenig schwieriger, den Hunger zu überwinden. Am sechsten Tag jedoch war seine Motivation auf dem Nullpunkt angekommen. Er wollte schon aufgeben und hinabsteigen ins Tal. Das Knurren und Blubbern des leeren Magens, in dem ein Tier zu sitzen schien, das wie wild um sich biss, die plötzliche Schwäche, der Kreislauf beim Aufstehen machten ihm zu schaffen. Seine ganzen Bewegungen liefen nur noch mechanisch, wie fremdgesteuert, ab.

Die meisten Menschen gehen den Weg des geringeren Widerstands, den breiten Weg und nicht den schmalen Pfad der Wahrheit. Zitierte sein Thora-Lehrer, wenn Jesus an seine Grenzen stieß, aufgeben wollte. Und so beherzigte er diese alte Wahrheit und überwand mit Beten, Meditation und dem Vertrauen zu Gott und sich selbst diese Versuchung.

Es ist ebenso eine Sünde, aufzugeben.

Diese Worte, die er oft von seinem Vater Josef gehört hatte, hatten sich in seiner frühsten Kindheit in ihm festgesetzt. Sein Vater hatte ihm auch erklärt, was Sünde in ihre Sprache übersetzt hieß:

Auf dem falschen Weg sein, das Ziel verfehlen.

Unter diesem Aspekt bekam für ihn das Wort *Sünde* einen ganz anderen, annehmbaren Stellenwert und Sinn. Und darum war er ja auch hier, auf dieser hochgelegenen, einsamen Weide. Zum Kraftschöpfen und den rechten Weg herauszufinden, zu erkennen, welchen er gehen sollte.

Ja, und da waren dann noch die fremden Götter in seinem Kopf, die ihn unaufhörlich versuchten. Dieser Teufel, das übergroße Ich versuchte ihn immer und immer wieder, doch er vertrieb ihn, indem er ihm keine Nahrung gab, den Gedanken des Teufels.

Jesus trank im Liegen aus dem langsam dahinfließenden Bach, der sich wie eine Schlange über die Wiese dieser Hochweide schlängelte. Wie mit einem Schöpflöffel fuhr er mit der rechten Hand durchs Wasser und trank aus ihr das glasklare, kalte Wasser. Schluck für Schluck belebte es seinen Körper und den Kreislauf, doch ein Schwächegefühl war immer noch vorhanden. Nachdem sich sein Zustand etwas stabilisierte, stand er vorsichtig auf und das helle Licht blendete seine übermüdeten Augen.

„Welcher Weg ist für mich vorgegeben?", schrie er aus lauter Verzweiflung, ein wenig Wut schwang ebenfalls mit. Er hob dabei die Arme flehend zum Himmel. Er erschrak und ein eisiger Schauer erfasste ihn, er musste sich erneut hinsetzen, als eine laute Stimme unmittelbar antwortete.

„Jesus, deine Aufgabe ist es, deinem Volk den richtigen Weg zu zeigen, sie in das Paradies im Hier und Jetzt zu führen", sagte diese tiefe Stimme, die aus dem Dornenbusch vor ihm zu kommen schien. Jesus starrte suchend und ebenso überrascht auf den Busch. Vergeblich, da war niemand auszumachen!

„Aber dann muss ich das, was ich am meisten liebe, verlassen! Es wird mir das Herz brechen!", widersprach er, es war eher eine schreiende Rechtfertigung, und klopfte dabei mit der rechten Hand wild wie ein Berggorilla auf seine Brust.

„Ja, dem ist so.
Gedenke, du tust dies nicht für dich alleine, du tust es der Menschheit, der Schöpfung zuliebe. Das Leben besteht nicht nur aus Glück und Zufriedenheit. Um seine Aufgabe zu erfüllen, bedarf es immer wieder aufs Neue, Mut und Opfer zu bringen.

Und wenn man die Sinnhaftigkeit seiner Aufgabe verstanden hat, dann wird aus dem Opfer plötzlich ein Geschenk."

Unmittelbar nach dem Gesagten fing der Dornenstrauch an, lichterloh unter lautem Knacken zu brennen, wurde von einem hellen Flammenmeer total aufgefressen.

Weißer Rauch stieg wie ein fremdes Wesen sanft und senkrecht empor, löste sich im azurblauen Firmament in nichts auf. Und vorbei war es mit dem Spuk.

Und wie zuvor war nur noch die absolute Stille, die Symphonie des Universums zu hören. Doch wer genau hinhörte, der konnte den Atem der Erde, die Seele jeder Kreatur als ein leises Flüstern vernehmen.

Der Blinde

Er schaute mit zugekniffenen Augen über die spiegelnde Wasseroberfläche des Dal-Sees. Auf der gegenüberliegenden Seite, im flimmernden Glast der feurigen Sonne über einer dürren Wiese, erblickte Jesus einen großen, dunkelbraunen Vogel elegant schweben. Mühelos und gleichmäßig, wie auf Schienen getragen, drehte dieser seine Kreise in der aufsteigenden heißen Luft. Scheinbar ohne jegliche Anstrengung katapultierte ihn die Thermik nach oben. Immer höher und höher hinauf, bis nur noch ein winziger, kleiner Punkt in der bewegten Luft zu sehen war, und auch der verschwand bald. Löste sich in nichts auf und zurück blieb nur noch das Dunkelblau des endlosen, sommerlichen, vor Hitze flimmernden Firmaments.

„Genauso einfach und schwerelos wie dieser Greifvogel sollte man durchs Leben gehen können, sich keine Gedanken über das Sein mit all seinen Facetten machen müssen. Sich einfach tragen lassen von dem, was ist und kommt", sagte Jesus laut zu sich selbst und musste über seine eigene Aussage herzlich lachen.

Doch ihm war bis in die allerletzten Windungen seines Gehirns klar, dass das Leben in Zufriedenheit meistern Anstrengung und sehr viel Arbeit bedeutet. Der Mensch in der heutigen Zeit entfernt sich immer mehr von dem richtigen Weg, von sich selbst, sinnierte er und verscheuchte mit beiden Händen die lästigen Moskitos, die sein Gesicht mit einem gut gedeckten Speisetisch verwechselten.

Sie haben kein Vorbild, keine Anleitung, lassen sich getrieben durch das Ego fast nur noch auf Ersatzbefriedigungen ein. Verlieren sich im Außen. Nach kurzem Innehalten und raschen Händewedeln, die Moskitos flogen an diesem Tage richtige Attacken und er wurde die Plagegeister einfach nicht los, setzte Jesus seine Gedanken mit folgenden Fragen fort:

Wie kann ich die Menschen am besten erreichen, zu ihnen durchdringen, ihnen das göttliche Leben, das Paradies auf Erden im Hier und Jetzt vermitteln?

Ihm war schon von Kindesbeinen an bewusst, hatte es mit der göttlichen Muttermilch eingesogen:

Es ist die Liebe!
Einzig und alleine die Liebe, die alles lenkt, die schlussendlich das Universum zusammenhält.
Liebe ist Gott und Gott ist Liebe.
Und wer in Liebe lebt, befindet sich unmittelbar im Paradies.

So einfach diese Antwort auch war, so schwer war sie zu vermitteln. Mit diesen Gedanken im Gepäck war er ja auch vor langer Zeit von zu Hause aus aufgebrochen, um in der Ferne fremde Kulturen kennenzulernen. Schauen, was andere Religionen an Spiritualität zu bieten haben, und so mit neuem Wissen beladen zurückzukehren und seinen göttlichen Auftrag zu erfüllen.

Plötzlich kam in Jesus ein seltsames Gefühl auf, so als beobachte ihn jemand. Er drehte sich um und erschrak. Erschreckte sich so stark, dass sein Herz für ein paar Schläge aussetzte.

Ein alter Mann saß ganz entspannt im Lotussitz direkt, keine Armlänge entfernt, hinter ihm. Dieser Mann schaute ihn an, doch es war eher ein durch ihn Hindurchschauen. Dessen eingesunkene, blind wirkende Augen musterten Jesus ausdruckslos und die dunkle Haut sah aus wie ein eingeschrumpelter Apfel.

Als Jesus aufstand und zu ihm hinging, verzog der Mann keine Miene, zeigte keine Regung, nicht die kleinste.

„Du brauchst mich nicht so anzustarren! Du meinst wohl, weil ich nicht sehend bin, bin ich auch blind und bemerke dies nicht", sagte er mit seiner freundlichen, weichen Stimme, und Jesus meinte, ein feines Lächeln husche über sein verdorrtes Gesicht.

„Es tut mir leid, das war von mir so nicht beabsichtigt. Ich will Sie nicht beleidigen, ich war nur überrascht, dass jemand unmittelbar hinter mir sitzt, und ich bemerke es nicht. Wie lange sitzen Sie schon hier?"

„Schon lange, sehr lange, mein Sohn. Aber du warst so in deine Gedanken vertieft, von ihnen richtig gefesselt, dass ich es einfach nicht übers Herz brachte, dich herauszureißen.

Und ja, du hast vollkommen recht mit deinem Gedanken – wer in Liebe lebt, der lebt im Paradies."

„ÄÄhhm …, woher wissen Sie, was ich gedacht habe? Hhmm …, habe ich etwa laut gesprochen und es nicht bemerkt?", stotterte Jesus ganz verdutzt, konnte es einfach nicht fassen, was dieser alte Mann gerade äußerte. Vor Überraschung und vielleicht auch ein wenig von der prallen Sonne wurde es ihm leicht schwindelig.

„Hihihi, hihihi, … , nein, so ein alter Tattergreis wie ich bist du noch lange nicht, mein Sohn. Du kannst ganz beruhigt sein, du hast keine Selbstgespräche geführt, noch nicht", versuchte er Jesus zu beruhigen, dessen Herz vor Nervosität seinen ganzen Brustkorb beben ließ.

„Aber woher wissen Sie dann meine Gedankengänge?", fragte Jesus, seine Brauen zogen sich dabei zusammen und es bildete sich eine Falte dazwischen.

„Deine Gedanken sind mir einfach so zugeflogen, ich habe mich ihnen aber auch nicht verschlossen, hihihi … hihihi …!
Ja, und dann musst du wissen, dass ich hin und wieder ein wenig neugierig bin, hihihi … …, darf man ja auch sein in meinem Alter.
Nun, Mitgefühl ist die universale Sprache, die jeder, jedes Ding in diesem Universum spricht und versteht.

Wenn du im Mitgefühl schwingst, dann bist du mit allem verbunden, kannst mit allem kommunizieren", klärte er Jesus auf und sagte dies, als wäre es die normalste Sache auf der Welt. In Jesus kam das unterschwellige Gefühlt auf, er kenne diesen alten Mann sehr gut, kam aber nicht darauf, woher.

„Tut mir leid, ich habe mich Ihnen noch gar nicht vorgestellt. Mein Name ist Jesus und ich komme aus einem fernen Land. Ich bin im ..."

„Schon gut, schon gut, ich weiß, wer du bist, Jesus. Hier in dieser einsamen Gegend geschieht kaum mal was Außergewöhnliches. Und wenn schon mal ein Fremder kommt, pfeifen es die Vögel von den Bäumen, bevor er überhaupt aufgetaucht ist. Die Neuigkeit verbreitet sich wie ein Flächenbrand in Windeseile", erklärte er ihm. „So sind wir Menschen halt, wollen raus aus den immer wiederkehrenden Mühen des Alltags, uns heimlich aus der isolierten Gefangenschaft befreien", ergänzte er mit seinem schelmischen Schmunzeln, das besser als jede Antiaging-Creme sämtliche Falten aus seinem Gesicht wischte.

„Darf ich Sie mal was ganz Persönliches fragen?"

„Nur zu, mein Sohn, wenn ich schon mal die Möglichkeit habe, mit jemand Fremdem zu sprechen, dann will ich dies voll auskosten, hihihi", gab er zur Antwort und lachte laut über seine eigene Aussage.

„Wurden Sie ohne Augenlicht geboren?"

„Ja, so ist es! Meine Augen sahen nie Farben, noch nie eine Wolke am Himmel, kein Gras, nicht einmal ein kleines Reiskorn sahen sie. Ja, ich bin schon mein ganzes langes Leben nichtsehend.

All dies sehe ich mit den Fingern, der Nase, der Zunge, den Ohren, eigentlich kann ich, im Gegensatz zu dir, mit dem ganzen Körper sehen. Du musst wissen, dies hat sehr viele Vorteile, auf die ich nie verzichten möchte. Nein, um nichts in der Welt", bestärkte er seine Aussage, und am Klang seiner Stimme konnte man hören, dass er es auch so meinte.

„Ich beurteile nichts und niemanden nur nach dem Aussehen. Für mich sind ganz andere Merkmale eines Menschen wichtig. Die Summe dieser macht für mich den Menschen aus", sagte er, während sein rechter Finger mahnend und oberlehrerhaft zum Himmel zeigte.

„Und davon abgesehen sehen sich die meisten Menschen selbst leider nur durch die Augen der anderen.

Aber was labere ich da nur über mich und ...

Wie geht es dir? Ich habe gehört, dass du zum Kraftschöpfen in den Bergen bei den Göttern verweilt hast."

„Bleibt denn hier wirklich nichts vor der Öffentlichkeit verborgen?", fragte ihn Jesus in scharfem, ernsten Tonfall.

„Keine Angst, mein Junge, Gana ist ein sehr guter Freund von mir. Und er kennt die Grenzen der Privatsphäre, ist sich bewusst, welche er überschreiten darf und welche nicht. Wenn er sich bei einer Sache unsicher ist, dann holt er oft meine Meinung ein, damit er ein gut abgestütztes Urteil aus verschiedenen Quellen bilden kann.

Ganz nebenbei bemerkt, kann ich Geheimnisse sehr gut behüten. Aber leider habe ich auch eine Schwäche dafür, bin überaus neugierig und ich muss leider zugeben, dass ich mitgeteilte Geheimnisse über alles liebe, bin schon fast süchtig danach ... hihihi, hihihi ...", dabei verzog er höhnisch den Mund.

„Es geht mir wieder gut, danke. Es war eine sehr intensive, lehrreiche, aber auch harte Zeit. Sehr oft dachte ich, ich müsste aufgeben. Es kam mir so vor, als müsse ich unter den unendlich vielen Sternen des Himmels den richtigen wählen.

Gott hat mit mir gesprochen und nun weiß ich, dass ich meiner vorgegebenen Aufgabe folgen werde."

„Das freut mich, Jesus. Durch dich bekommt das Ganze auch noch ein Gesicht. Damit meine ich, dass sich deine Lebensaufgabe durch dich, durch deine Persönlichkeit viel intensiver und tiefer in das Gedächtnis der Menschen eingraben und wirken wird. Denn du hast eine besondere Begabung, durch diese gibst du den Menschen Hoffnung auf ein gutes und erfülltes Leben im Einklang mit den Göttern.

Viele, sehr viele Generationen werden von deiner göttlichen Mission profitieren, ein besseres Leben im tiefen Glauben verbringen. Weil du ihnen eine Anleitung, oder soll ich es lieber Lehre, die Lehre Jesus' nennen, gegeben hast!"

„Hat Ihnen Gana darüber auch erzählt?" fragte Jesus wieder überrascht, nein, es klang schon ein wenig ärgerlich, nach.

„Nein, manchmal, wenn mir die Götter gut gesinnt sind, dann darf ich hinübersehen, in eine andere Zeit. Es ist immer wie eine Vorahnung und ich habe dann das seltsame Gefühl, die Zeit steht für einen kurzen Augenblick still. Doch der Heilige Geist, der über mich kommt, bestimmt, in welche Richtung ich blicken darf, meistens ist es in die Zukunft."

„Was oder wer ist der Heilige Geist?", unterbrach ihn Jesus, stand jedoch ganz ruhig und in sich gekehrt.

„Hhm, da muss ich ein wenig weiter ausholen." Dann herrschte sekundenlang Stille und seine blinden Augen hafteten ausdruckslos auf Jesus.

„Heilig kommt von heil, gesund, also wenn mein Geist unbelastet, frei von allem lästigen Gedankengut und so weiter ist. Dann habe ich über ihn, den Heiligen Geist, Zugriff auf das Göttliche in mir. Und dies ist wiederum verbunden mit dem allwissenden und allgegenwärtigen Geist der Natur, der höchsten Gottheit.

Das ist der Gott der Liebe. Hat aber fast in jeder Religion einen anderen Namen. Der Begriff ist nur unterschiedlich, der Inhalt derselbe." Er überlegte ganz kurz und setzte nach:

„Verbunden mit dem göttlichen Bewusstsein, in der das Selbst und alles in der Umgebung eingebettet sind. So wird es manches Mal auch umschrieben", beendete er seine Erklärung.

„Danke für die Erklärung", äußerte Jesus mit dem Kopf nickend, offensichtlich sehr beeindruckt.

Kapitel 8

Der Schierlingskelch

Das stumme, kilometerweit entfernte Blitzen durchbrach die eigenartige Situation und dann, ein dumpfes Grollen des Donners kündigte das Unwetter an. Sheela und Jesus hatten zusammen den ganzen Tag am See verbracht.

Kaum waren sie unterm Dach im Innern der alten, verlassenen Hütte, die in der Nähe des Ufers stand, vor dem Sturm in Sicherheit geflüchtet, als auch schon bei bengalischer Beleuchtung und Donnergetöse ein Platzregen niederging. Nein, es war eher eine Sintflut, die unvermittelt hereinbrach. Wassermassen schossen brausend vom Himmel und überfluteten das kurz vorher sonnendurchflutete Erdreich, deckten alles mit einem undurchsichtigen Vorhang zu.

Launische Windböen, die ihre Richtung von einer Sekunde zur anderen wechselten, rüttelten zornig an der Hütte.

Der stickige Raum war muffig, roch nach alter, verbrauchter und abgestandener Luft, die sich mit dem Modergeruch alten Holzes vermischte. In den Ecken und am Fenster hingen lange Spinnfäden, die immer, wenn ein

Windzug durch den Raum fuhr, sich schwingend bewegten. Darunter, auf dem Boden verstreut, lagen etliche tote Fliegen. Es waren aber nur noch die von den Spinnen ausgehöhlten und verschmähten Körperhüllen, die ein wenig an mumifizierte, in Binden eingewickelte Körper erinnerten.

Die Stimmung der beiden war wie das Wetter, aufgeladen, hoch emotional.

Jesus hatte Sheela von seinem bevorstehenden Aufbruch ins Reich der Mitte, von seinem Abschied am kommenden Tag erzählt.

Sie saß weinend auf einer Bank in der alten Hütte und Jesus stand dicht hinter ihr.

Die Momente mit ihr zusammen sind magisch und wunderschön wie eine von der Sonne beschienene, in Regenbogenfarben schimmernde Seifenblase. Muss denn alles so vergänglich, nur für den Moment geschaffen sein, tobte es in seinem Kopf.

Durch das halb vermoderte, undichte Dach tropften in rhythmischen ... blop ... blop ... blop ... Regentropfen auf den Boden und die Wasserlachen breiteten sich immer mehr zu kleinen Seen aus. Doch in dieser Situation war dies alles nebensächlich. Beide beachteten nicht, was um sie herum geschah. Sie waren gefangen im Schmerz des Abschieds.

„Sheela, ich habe das Gefühl, … nein, ich …, ich weiß, dass ich dein Herz und deine Seele und damit deine augenblickliche Gefühlslage sehr gut nachvollziehen kann. Und es zerreißt mir ebenso wie dir das Herz, mich von dir zu trennen. Auch wenn ich zu dir immer offen und ehrlich war, dir gleich beim ersten Treffen sagte, dass ich irgendwann weiterziehen werde, ist mir dein momentaner Gefühlszustand bewusst …" Er machte eine Pause, holte tief Luft und sie konnte erkennen, wie schwer ihm es fiel, diese Worte auszusprechen.

„Und nun ist es leider so weit. Die ungebetenen Geister klopfen bereits an die Tür des Abschiednehmens." Große, warme Tränen des bitteren Abschieds rannen in seinen Bart und der Stachel des Abschieds in seinem Fleisch brannte wie Feuer.

„Ich habe das Gefühl, das Herz wird mir bei lebendigem Leib aus der Brust gerissen. Ich liebe dich unendlich, doch ich muss meiner vorgegebenen Aufgabe folgen. Es wäre unverzeihlich von mir, euch da mit hineinzuziehen", wiederholte er die Tatsache, und auch seine Stimme klang weinerlich, mit einem schuldbewussten Unterton.

Allein der Gedanke daran verengte seine Brust. Und er bekam Atemnot, hielt den bleischweren Druck des Abschieds auf der Brust kaum aus, von seiner über alles geliebten Sheela und Kanja Anand Josef, ihrem gemeinsamen Kind, Abschied zu nehmen.

Die immer lächelnden, glänzenden Augen seines acht Monate alten Sohnes, die kleinen Hände, deren winzige Finger nach seinen langen Haaren oder seinem Bart griffen, die Welt erkundeten, die ersten Krabbelversuche, alles das machte es noch viel, viel schwerer zu gehen. Er wusste, die beiden würden eine Leere in seinem Herzen hinterlassen, die nur sehr schwer mit etwas anderem auszufüllen war.

Oder ist es eventuell die Angst vor Verantwortung, die Verantwortung für Frau und Kind zu übernehmen, oder sitze ich etwa schon im Käfig, vor dem ich so Angst habe, irgendwann mal drinzusitzen, solche und ähnliche Gedanken erschienen immer öfters in den letzten Tagen.

Vielleicht würde er beide, die ein Teil von ihm waren, nie wieder lebend sehen. Doch seine göttliche Aufgabe stand unverrückbar im Vordergrund. Das hatte er ihr immer und immer wieder mitgeteilt. Ja, und sie hatte dies damals sehr locker gesehen. Nun war der Tag der Wahrheit gekommen und die Gefühle der beiden spielten total verrückt.

Ein Gecko ruhte festgesaugt an der Wand, starrte teilnahmslos, ohne Zwinkern, in den Raum. Auch er, der Jäger der Nacht, der sich tagsüber am liebsten in der prallen Sonne aufwärmt, war vor dem Unwetter in die trockene Sicherheit geflüchtet.

Dieser Schmerz des Abschieds war immer näher gerückt und beide schoben ihn jedes Mal zur Seite. Das Leben ist eine Reise, die jeder antreten muss, doch die Straße, auf der er reist, ist immer unterschiedlich und von den Gewohnheiten und Aufgaben jedes Einzelnen abhängig, dachte Jesus kurz. Und diese Reise will ich nicht antreten, diesmal nicht, doch ich muss sie antreten, es ist meine Bestimmung.

„Jesus, ich muss dich küssen, dich ein letztes Mal berühren, über deine weiche, zarte Haut, dein feines Haar fahren, dich riechen, deinen Geist einatmen.
Ein letztes Mal.
Danke!
Danke, dass ich dich lieben darf, dass du in mein Leben getreten bist. Du bist das Beste, was je in mein Leben trat", sagte sie, stand auf, drehte sich zu ihm und umschlang ihn.
Presste ihn so stark an sich, dass er meinte, seine Rippen würden zerbersten, dem Druck nicht standhalten.
„Lass uns den Augenblick genießen", hauchte sie ihm zärtlich ins Ohr.

Ihrer beider Augen füllten sich mit heißen Tränen, Tränen der Trennung, der Liebe, vereinten sich in ihren Gesichtern, als sich ihre Lippen voller Zärtlichkeit und Gier, gemischt mit Verlustangst, ein letztes Mal suchten.

Und als sie sich dann ein letztes Mal liebten, gab ihnen dies das Gefühl des Tanzes auf dem Vulkan, konnten sie für ein paar Minuten den Schierlingskelch an sich vorüberziehen lassen. Noch einmal genossen sie wie so oft das unbekümmerte Zusammensein in vollen Zügen, zu verschmelzen, Zeit und Raum zu überwinden, das Band der Liebe zu erneuern.

Der Bann der Angst, der Trennung löste sich auf und Liebe breitete sich aus.

Sie hatten in diesem Moment einander befreit, sich Flügel geschenkt.

„Sheela, wann warst du am glücklichsten?"
„Jetzt, in diesem Augenblick!"
„Und wann warst du am traurigsten?"
„Jetzt, in diesem Augenblick!"

Ja, genau so geht es mir, er sagte es aber nicht, dachte es nur.

Der kleine See lag still, wie eine mattschimmernde Fläche aus Blei, deren Uferzonen sich auflösten im silbergrauen Dunst der feuchten Luft. Alle Laute klangen matt gedämpft, als habe man Watte in den Ohren.

Das Leben besteht nicht nur aus Wünschen und Träumen. Nein, die Wirklichkeit holt uns immer wieder ein.

Epilog

Im eigenen Leben sollte man die Hauptrolle spielen und nicht die Nebenrolle.